El buen Jesús y Cristo el malvado

RESERVOIR BOOKS

Philip Pullman
El buen Jesús y Cristo el malvado

Traducción de Matuca Fernández de Villavicencio

Papel certificado por el Forest Stewardship Council®

Título original: *The Good Man Jesus and the Scoundrel Christ*
Primera edición: noviembre de 2017

© 2010, Philip Pullman
Publicado por acuerdo con Canongate Books Ltd., 14 High Street, Edinburgh EH1 1TE
© 2017, Penguin Random House Grupo Editorial, S.A.U.,
Travessera de Gràcia, 47-49. 08021 Barcelona
© 2011, Matuca Fernández de Villavicencio, por la traducción

Printed in Spain – Impreso en España

ISBN: 978-84-17125-07-3
Depósito legal: B-17.122-2017

Compuesto en La Nueva Edimac, S. L.
Impreso en Egedsa (Sabadell, Barcelona)

RK25073

Penguin
Random House
Grupo Editorial

María y José

Esta es la historia de Jesús y su hermano Cristo, de cómo nacieron, de cómo vivieron y de cómo murió uno de ellos. La muerte del otro no forma parte de la historia.

Como todo el mundo sabe, la madre de Jesús y Cristo se llamaba María. María era hija de Joaquín y Ana, una pareja rica, piadosa y entrada en años que, pese a sus constantes plegarias, no había tenido descendencia. Se consideraba una vergüenza que Joaquín no hubiera engendrado hijos, y el hombre sentía dicha vergüenza en lo más hondo. Ana estaba igualmente abatida. Un día vislumbró un nido de gorriones en un laurel, y entre lágrimas se lamentó de que hasta los pájaros y las bestias pudieran procrear y ella no.

No obstante, gracias quizá a sus fervientes plegarias, Ana quedó finalmente encinta y a su debido tiempo dio a luz a una niña. Habiendo prometido consagrarla al Señor, la llevaron al templo y la ofrecieron al sumo sacerdote Zacarías, que la besó, la bendijo y la tomó bajo su cuidado.

Zacarías la alimentaba como a una paloma y la niña danzaba para el Señor, y todo el mundo la adoraba por su gracia y sencillez.

Creció, sin embargo, como cualquier otra chiquilla, y al cumplir los doce años los sacerdotes del templo cayeron en la cuenta de que pronto empezaría a sangrar todos los meses, y eso, obviamente, contaminaría el santo lugar. ¿Qué podían hacer? La habían tomado bajo su cuidado, no podían expulsarla sin más.

Zacarías oró y un ángel le dijo qué hacer. Debían encontrarle un esposo, un hombre que fuera mucho mayor que ella, serio y con experiencia. A ser posible viudo. El ángel le dio instrucciones precisas y prometió un milagro para constatar la elección del hombre adecuado.

Zacarías convocó entonces a todos los viudos que pudo encontrar. Cada uno debía llevar consigo una varilla de madera. Se presentaron más de una docena, unos jóvenes, otros maduros, algunos ancianos. Entre ellos se hallaba un carpintero llamado José.

Siguiendo las instrucciones, Zacarías reunió todas las varillas y oró sobre ellas antes de devolverlas a sus respectivos propietarios. El último en recibir su varilla fue José, y en cuanto entró en contacto con su mano se convirtió en una flor.

—¡Eres el elegido! —exclamó Zacarías—. El Señor ha ordenado que tomes a la muchacha María como esposa.

—¡Si soy un anciano! —protestó José—. Hasta tengo hijos mayores que la muchacha. Seré el hazmerreír de todos.

—Si no obedeces —dijo Zacarías—, tendrás que hacer frente a la ira del Señor. Recuerda lo que le pasó a Coré.

Coré era un levita que había desafiado la autoridad de Moisés. Como castigo, la tierra se abrió bajo sus pies y lo engulló a él y a toda su familia.

José se asustó y aceptó a regañadientes desposar a la muchacha. Se la llevó a casa.

–Debes quedarte aquí mientras yo salgo a trabajar –le dijo–. Regresaré a su debido tiempo. El Señor velará por ti.

En la morada de José, María trabajaba tan duramente y se comportaba con tal modestia que nadie tenía una mala palabra que decir de ella. Hilaba lana, hacía pan y sacaba agua del pozo, y cuando creció y se hizo una mujer muchos se preguntaban sobre ese extraño matrimonio y la ausencia de José. Otros, en su mayoría mancebos, trataban de entablar conversación con ella y le sonreían cordialmente, pero María respondía con brevedad, manteniendo gacha la mirada. Saltaba a la vista lo sencilla y buena que era.

Y el tiempo pasó.

El nacimiento de Juan

Zacarías, el sumo sacerdote, era de la edad de José, y su esposa Isabel también tenía una edad avanzada. Al igual que Joaquín y Ana, y pese a desearla con fervor, no habían tenido descendencia.

Un día Zacarías vio a un ángel y este le dijo:

—Tu esposa te dará un hijo, y le llamarás Juan.

Atónito, Zacarías replicó:

—¿Cómo es posible? Yo ya estoy viejo y mi esposa es estéril.

—Te lo dará —dijo el ángel—. Y hasta ese momento permanecerás mudo por dudar de mis palabras.

Dicho y hecho: Zacarías perdió la voz, y al poco tiempo Isabel concibió un hijo. La mujer no cabía en sí de dicha, pues su infertilidad había constituido una deshonra difícil de soportar.

Llegado el día, dio a luz a un varón. Cuando se disponían a circuncidarlo, preguntaron cómo debía llamarse. Zacarías cogió una tablilla y escribió: «Juan».

Sus familiares le miraron atónitos, pues nadie en la familia llevaba ese nombre; pero en cuanto Zacarías lo hubo escrito, recobró el habla y el milagro constató la elección. El niño se llamaría Juan.

La concepción de Jesús

En aquella época María tenía alrededor de dieciséis años, y José aún no la había tocado.

Una noche, hallándose en su dormitorio, María oyó un susurro al otro lado de la ventana.

—María, ¿tienes idea de lo hermosa que eres? De todas las mujeres, tú eres la más bella. El Señor debió de favorecerte para que seas tan dulce y gentil, con esos ojos y esos labios…

Desconcertada, María preguntó:

—¿Quién eres?

—Soy un ángel —respondió la voz—. Déjame entrar y te contaré un secreto que solo tú has de saber.

María abrió la ventana y le dejó entrar. Para no asustarla, el ángel había adoptado el aspecto de un hombre joven, como el de los muchachos que le daban conversación junto al pozo.

—¿Qué secreto es ese? —dijo.

—Vas a concebir un hijo —contestó el ángel.

María le miró perpleja.

—Pero mi marido no está.

—Pues el Señor desea que suceda de inmediato. Me ha enviado a propósito para hacer cumplir su voluntad.

¡María, bendita eres entre todas las mujeres por este acontecimiento! Da gracias al Señor.

Y esa misma noche, tal como el ángel predijo, María concibió un hijo.

Cuando José regresó de las ocupaciones que lo habían mantenido ausente y encontró a su esposa en estado de buena esperanza, su consternación fue profunda. Ocultó la cabeza bajo la capa, se arrojó al suelo, lloró amargamente y se cubrió de cenizas.

—Señor —sollozó—, ¡perdóname! ¡Perdóname! ¿Es esto cuidar? ¡Tomé a esta criatura siendo una virgen del templo, y mírala ahora! Debí protegerla, pero la dejé sola como Adán dejó a Eva, y también ella recibió la visita de la serpiente.

La llamó y dijo:

—María, mi pobre niña, ¿qué has hecho? ¡Tú, que eras tan pura y tan buena, has traicionado tu inocencia! ¿Cómo se llama el hombre que te hizo esto?

María lloró amargamente y dijo:

—Yo no he hecho nada malo. ¡Lo juro! Ningún hombre me ha tocado jamás. Fue un ángel el que vino a verme porque Dios deseaba que concibiera un hijo.

José estaba preocupado. Si realmente era esa la voluntad de Dios, significaba que era su deber cuidar de María y el niño. Pero, de todos modos, no quedaría bien. Sin embargo, no dijo nada más.

El nacimiento de Jesús y la llegada de los pastores

Poco tiempo después, el emperador romano promulgó un decreto según el cual todo el mundo debía ir a su población de origen para inscribirse en un gran censo. José vivía en Nazaret de Galilea, pero su familia provenía de Belén de Judea, ciudad situada a varios días de viaje en dirección sur. José pensó: ¿De qué manera debo inscribir a María? Puedo anotar a mis hijos, pero ¿qué debo hacer con ella? ¿Debo inscribirla como mi esposa? Eso sería para mí un bochorno. ¿Como mi hija? La gente sabe que no es mi hija. Además, es evidente que está esperando un hijo. ¿Qué puedo hacer?

Finalmente se pusieron en camino, María detrás de él a lomos de un asno. El niño podía nacer en cualquier momento y José seguía sin saber qué iba a decir con respecto a su esposa. Ya en las proximidades de Belén, se volvió para ver cómo estaba y vio tristeza en su semblante. Puede que tenga dolores, pensó. Al rato se volvió de nuevo y vio que reía.

—¿Qué te ocurre? —dijo—. Hace un rato estabas triste y ahora ríes.

—He visto a dos hombres —respondió María—, uno

estaba llorando y lamentándose, y el otro, riendo y regocijándose.

No se veía a nadie. José pensó: «¿Cómo es posible?».

Pero no dijo más y poco después llegaron a Belén. Todas las posadas se encontraban llenas. María lloraba y temblaba porque el niño estaba a punto de nacer.

—No me quedan habitaciones —dijo el último posadero al que preguntaron—, pero podéis dormir en el establo. Los animales os darán calor.

José extendió la colcha sobre la paja, instaló cómodamente a María y salió en busca de una comadrona. A su regreso el niño ya había nacido, pero la comadrona dijo:

—Viene otro. Va a tener gemelos.

Efectivamente, poco después nació otro niño. Los dos eran varones, el primero sano y robusto, el segundo menudo y frágil. María envolvió en harapos al niño robusto y lo acostó en el pesebre a fin de amamantar primero al otro, pues le daba mucha pena.

Esa noche, en las colinas que rodeaban la ciudad, había unos pastores vigilando sus rebaños. Un ángel luminoso se apareció ante ellos y el pánico se apoderó de los pastores, hasta que el ángel dijo:

—No temáis. Esta noche ha nacido en la ciudad un niño que ha de ser el Mesías. Lo reconoceréis porque estará envuelto en harapos y acostado en un pesebre.

Los pastores eran judíos piadosos y sabían qué quería decir «el Mesías». Los profetas habían anunciado que el Mesías, el Ungido, llegaría para liberar a los israelitas de la opresión que padecían. Los judíos habían tenido muchos opresores a lo largo de los siglos; los últimos eran los romanos, que llevaban ocupando Palestina una buena cantidad de años. Mucha gente esperaba que el Mesías guiara al pueblo judío en la batalla y lo liberara del poder de Roma.

Así pues, los pastores se adentraron en la ciudad para buscarlo. Al oír el llanto de un bebé, se dirigieron al establo situado al lado de la posada, donde encontraron a un hombre mayor atendiendo a una mujer joven que estaba amamantando a un recién nacido. A su lado, en el pesebre, yacía otro bebé envuelto en harapos, y era este el que lloraba. Se trataba del segundo hijo, el menudo y frágil, porque María lo había amamantado primero y lo había dejado allí mientras daba de mamar al otro.

—Hemos venido a ver al Mesías —dijeron los pastores, y les hablaron del ángel y de la pista que les había dado para reconocer al bebé.

—¿Este de aquí? —preguntó José.

—Eso nos dijo. Que por eso lo reconoceríamos. A nadie se le ocurriría buscar a un niño en un pesebre. Tiene que ser él. Tiene que ser el enviado de Dios.

María no se sorprendió al oír eso. ¿No le había dicho algo parecido el ángel que la había visitado en su dormitorio? Así y todo, la llenó de dicha y orgullo que su delicado hijo fuera objeto de semejante homenaje y alabanza. El otro no lo necesitaba; era fuerte y tranquilo, como José. Uno para José y otro para mí, pensó María, y se guardó esa idea en el corazón y no se la contó a nadie.

Los astrólogos

Mientras eso ocurría, unos astrólogos de Oriente llegaron a Jerusalén buscando, decían, al rey de los judíos, que acababa de nacer. Lo habían deducido de sus observaciones de los planetas, y habían elaborado el horóscopo del niño con el ascendente, los tránsitos y las progresiones perfectamente detalladas.

Lógicamente, primero se dirigieron al palacio, donde solicitaron ver al niño soberano. Sorprendido, el rey Herodes los hizo llamar y les pidió que se explicaran.

—Nuestros cálculos indican que cerca de aquí ha nacido un niño que será el rey de los judíos. Supusimos que habría sido trasladado al palacio, por eso hemos venido primero aquí. Traemos presentes…

—Qué interesante —dijo Herodes—. ¿Y dónde ha nacido este niño soberano?

—En Belén.

—Acercaos un poco más —dijo el rey, bajando la voz—. Vosotros lo entenderéis, sois hombres de mundo, sabéis cómo son estas cosas. Por razones de Estado debo tener cuidado con mis palabras. Fuera existen poderes de los que vosotros y yo poco sabemos y que no dudarían en matar a ese niño si dieran con él, de manera que lo más importante ahora es protegerlo. Id a Belén, haced indagaciones y en cuanto averigüéis algo, venid a contármelo. Yo me aseguraré de que a esa adorable criatura no le pase nada malo.

Los astrólogos recorrieron los pocos kilómetros que les separaban de Belén para conocer al niño. Estudiaron sus mapas astrales, consultaron sus libros, realizaron arduos cálculos y finalmente, tras preguntar en casi todos los hogares de Belén, dieron con la familia que andaban buscando.

—¡Así que este es el niño que reinará sobre los judíos! —dijeron—. ¿O es este otro?

María levantó con orgullo a su hijo frágil. El otro dormía plácidamente en un rincón. Los astrólogos rindieron homenaje al pequeño que la madre tenía en los brazos, abrieron los cofres y ofrecieron sus presentes: oro, incienso y mirra.

—¿Y decís que habéis visitado a Herodes? —preguntó José.

—Ah, sí. Quiere que volvamos y le informemos de vuestro paradero para que pueda garantizar la seguridad del niño.

—Yo en vuestro lugar me iría directamente a casa —dijo José—. El rey es un hombre impredecible. A lo mejor se le mete en la cabeza castigaros. Nosotros le llevaremos al niño a su debido tiempo, no os preocupéis.

Los astrólogos lo consideraron un buen consejo y partieron. José, entretanto, recogió deprisa y corriendo todas sus pertenencias y esa misma noche partió con María y los niños hacia Egipto, pues conocía el carácter voluble del rey Herodes y temía lo que pudiera hacer.

La muerte de Zacarías

E hizo bien. Cuando Herodes comprendió que los astrólogos no iban a regresar, montó en cólera y ordenó matar de inmediato a todos los niños menores de dos años en Belén y alrededores.

Entre los niños menores de dos años estaba Juan, el hijo de Zacarías e Isabel. En cuanto se enteraron del plan de Herodes, Isabel se lo llevó a las montañas, buscando un lugar donde esconderse. Pero la mujer estaba mayor, no podía caminar mucho y, presa de la desesperación, gritó:

—¡Oh, montaña de Dios, protege a esta madre y a su hijo!

En ese momento la montaña se abrió y le ofreció una cueva donde refugiarse.

Isabel y el niño estaban finalmente a salvo, pero no así Zacarías. Herodes sabía que había sido padre poco tiempo atrás y lo mandó llamar.

—¿Dónde está tu hijo? ¿Dónde lo has escondido?

—¡Soy un sacerdote atareado, Majestad! ¡Dedico todo mi tiempo a los asuntos del templo! El cuidado de los hijos es tarea de mujeres. Ignoro dónde puede estar mi hijo.

—Te lo advierto… ¡di la verdad! Puedo derramar tu sangre si lo deseo.

—Si derramas mi sangre, me convertiré en un mártir del Señor —repuso Zacarías, y sus palabras se cumplieron, porque fue asesinado en el acto.

La infancia de Jesús

Entretanto, José y María estaban decidiendo qué nombre poner a sus hijos. El primogénito llevaría el nombre de Jesús, pero ¿y el otro, que era secretamente el favorito de María? Al final le pusieron un nombre corriente, pero María, recordando lo que habían dicho los pastores, le llamaba Cristo, que significaba Mesías en griego. Jesús era un bebé robusto y jovial, mientras que Cristo enfermaba con frecuencia. María, preocupada por él, lo cubría con las mejores mantas y le dejaba chupar miel de la yema de su dedo para que dejara de llorar.

Al poco de arribar a Egipto llegó a oídos de José la noticia de que el rey Herodes había muerto. Palestina volvía a ser un lugar seguro, de modo que emprendieron el regreso al hogar de José en Nazaret de Galilea. Y allí crecieron sus hijos.

Con el paso del tiempo llegaron otros niños, otros hermanos y hermanas. María quería a todos sus hijos, mas no por igual. Le parecía que el pequeño Cristo precisaba una atención especial. Mientras Jesús y los demás chiquillos jugaban bulliciosamente, haciendo travesuras, robando fruta, gritando palabrotas y echando a correr como flechas, armando peleas, arrojando piedras, embadurnando de fango los muros de las casas y cazando gorriones, Cristo se pegaba a las faldas de su madre y pasaba muchas horas leyendo y orando.

Un día María fue a casa de un vecino, tintorero de oficio. Jesús y Cristo la acompañaron, y mientras ella hablaba con el tintorero, con Cristo cerca, Jesús se coló en el taller. Tras contemplar todas las tinajas, que contenían tintes de colores diferentes, introdujo un dedo en cada una de ellas y se los limpió en un fardo de telas que aguardaban a ser teñidas. Entonces pensó que el tintorero se daría cuenta de lo que había hecho y se enfadaría con él, de modo que agarró las telas y las metió en una tinaja que contenía un tinte negro.

Regresó a la habitación donde su madre se encontraba conversando con el tintorero. Cristo lo vio y dijo:

—Mamá, Jesús ha hecho algo malo.

Jesús tenía las manos detrás de la espalda.

—Enséñame las manos —dijo María.

Le enseñó las manos. Estaban teñidas de negro, rojo, amarillo, morado y azul.

—¿Qué has estado haciendo? —le preguntó su madre.

Alarmado, el tintorero entró corriendo en su taller. De la tinaja del tinte negro sobresalía un revoltijo de telas manchadas de negro y otros colores.

—¡Oh, no! ¡Mira lo que ha hecho ese mocoso! —gritó—. ¡Todas esas telas…! ¡Esto me costará una fortuna!

—¡Jesús, eres un niño muy malo! —dijo María—. Mira, has arruinado el trabajo de este hombre. Ahora tendremos que pagarle los destrozos. ¿De dónde sacaremos el dinero?

—Yo solo quería ayudar —dijo Jesús.

—Mamá —dijo Cristo—, yo puedo arreglarlo.

Levantó la esquina de una tela y preguntó al tintorero:

—¿De qué color debería ser esta tela, señor?

—Roja —contestó el tintorero.

El niño tiró de la tela y esta salió de la tinaja completamente roja. Fue sacando las telas una a una, preguntando al tintorero de qué color debería ser y haciendo que así ocurriera: cada pieza salía teñida del color exacto que había solicitado el cliente.

El tintorero estaba maravillado. María abrazó a su hijo Cristo y lo cubrió de besos, celebrando con gran dicha la bondad de su pequeño.

En otra ocasión, Jesús estaba jugando junto al vado de un riachuelo, haciendo pequeños gorriones de barro y colocándolos en fila. Un judío piadoso que pasaba por allí vio lo que estaba haciendo y fue a contárselo a José.

—¡Tu hijo ha incumplido la ley del sábado! —dijo—. ¿Tienes idea de lo que está haciendo en el vado? ¡Deberías controlar a tus hijos!

José fue a ver qué estaba haciendo Jesús. Cristo, que había oído los gritos del hombre, siguió a su padre. Tras ellos fueron otras personas que también habían oído el alboroto. Llegaron al riachuelo en el momento en que Jesús terminaba el decimosegundo gorrión.

—¡Jesús, detente de inmediato! —dijo José—. Sabes muy bien que estamos en sábado.

Se disponían a castigar a Jesús cuando Cristo dio una palmada y de repente los gorriones cobraron vida y emprendieron el vuelo. La gente estaba atónita.

—No quería que mi hermano se metiera en problemas —explicó Cristo—. En realidad es un buen chico.

Los adultos lo cubrieron de elogios. El pequeño era tan modesto y considerado, tan distinto de su hermano... Pero los niños de la ciudad preferían a Jesús.

La visita a Jerusalén

Cuando los niños tenían doce años, José y María los llevaron a Jerusalén para la celebración de la Pascua. Viajaron en compañía de otras familias, por lo que había muchos adultos para vigilar a los niños. Después de la fiesta, cuando procedieron a reunirlos a todos para partir, María fue a buscar a Cristo y le preguntó:

—¿Dónde está Jesús? No lo veo por ningún lado.

—Creo que está con la familia de Zaqueo —dijo Cristo—. Estaba jugando con Simón y Judas. Me dijo que quería viajar con ellos.

Así que partieron, y María y José no volvieron a pensar en él porque lo creían a salvo con otra familia. Cuando llegó la hora de la cena, María envió a Cristo donde la familia de Zaqueo para avisar a Jesús. Regresó nervioso y preocupado.

—¡No está con ellos! Me dijo que iba a jugar con ellos pero no lo hizo. ¡No saben nada de él!

María y José buscaron a Jesús entre sus familiares y amigos y preguntaron a todos los demás viajeros si lo habían visto, pero nadie sabía dónde estaba. Unos dijeron que lo habían visto por última vez jugando delante del templo, otros que le habían oído decir que se iba al mercado, y algunos que seguro que estaba con Tomás, Saúl o Jacobo. Al final José y María tuvieron que reconocer que se lo habían dejado, de modo que recogieron sus cosas y regresaron a Jerusalén. Cristo viajaba sobre el asno, pues María temía que se fatigara.

Buscaron por toda la ciudad durante tres días, pero Jesús seguía sin aparecer. Finalmente, Cristo dijo:

—Mamá, tal vez deberíamos ir al templo y rezar por él.

Dado que habían buscado en todos los demás lugares, pensaron que era una buena idea. Nada más entrar en el templo oyeron un alboroto.

—Seguro que tiene que ver con Jesús —dijo José.

Y así era. Los sacerdotes habían encontrado a Jesús escribiendo su nombre en la pared con barro y estaban debatiendo qué castigo imponerle.

—¡Si no es más que barro! —estaba diciendo Jesús mientras se sacudía la tierra de las manos—. ¡Se irá en cuanto llueva! Por nada del mundo dañaría el templo. Estaba escribiendo mi nombre en esa pared con la esperanza de que Dios lo viera y se acordara de mí.

—¡Blasfemo! —gritó un sacerdote.

Y le habría pegado si Cristo no se hubiera interpuesto.

—Por favor, señor —dijo—, mi hermano no es ningún blasfemo. Estaba escribiendo su nombre con barro para expresar las palabras de Job: «Recuerda que como barro me modelaste; ¿vas a convertirme de nuevo en polvo?».

—Tal vez —repuso otro sacerdote—, pero él sabe que ha obrado mal. ¿No ves que ha intentado limpiarse las manos para ocultar la prueba?

—Lógico —dijo Cristo—. Lo ha hecho para satisfacer las palabras de Jeremías: «Aunque te laves con lejía y hagas gran uso del jabón, la mancha de tu culpa sigue delante de ti».

—Pero ¡mira que huir de la familia! —dijo María a Jesús—. ¡Estábamos muertos de preocupación! Podría haberte ocurrido cualquier cosa. Pero eres un ser egoísta que no sabe lo que significa pensar en los demás. ¡Tu familia no significa nada para ti!

Jesús bajó la mirada. Cristo dijo entonces:

—No, mamá, estoy seguro de que sus intenciones son buenas. Además, también eso fue anunciado. Lo ha hecho para hacer realidad el salmo: «He soportado reproches y la vergüenza ha cubierto mi rostro. Me he convertido en un extraño para mis hermanos, en un desconocido para los hijos de mi madre».

Los sacerdotes quedaron gratamente impresionados con los conocimientos del pequeño Cristo y elogiaron su educación y agudeza mental. Tan bueno había sido su alegato, que dejaron ir impune a Jesús.

Durante el regreso a Nazaret, no obstante, José dijo en privado a Jesús:

—¿En qué estabas pensando? Mira que disgustar a tu madre de ese modo… Sabes que tiene un corazón sensible. Estaba terriblemente preocupada por ti.

—Y tú, padre, ¿estabas preocupado?

—Yo estaba preocupado por ella y por ti.

—No hacía falta que te preocuparas por mí. No corría peligro.

José no dijo nada más.

La llegada de Juan

El tiempo pasó y los dos muchachos se hicieron hombres. Jesús aprendió el oficio de carpintero y Cristo pasaba todo su tiempo en la sinagoga, leyendo las escrituras y debatiendo su significado con los maestros. Jesús apenas prestaba atención a Cristo, mientras que este se mostraba siempre tolerante y deseoso de manifestar un amigable interés por el trabajo de su hermano.

–Necesitamos carpinteros –decía muy en serio–. Es un excelente oficio, y a Jesús cada día le va mejor. Pronto podrá casarse, estoy seguro. Merece tener una buena mujer y un buen hogar.

Para entonces el hombre llamado Juan, hijo de Zacarías e Isabel, había iniciado una campaña de predicación en la región del Jordán, sorprendiendo a la gente con sus enseñanzas sobre la importancia del arrepentimiento y la promesa de que sus pecados les serían perdonados. En aquel tiempo había muchos predicadores recorriendo Galilea y sus alrededores; algunos eran hombres buenos, otros charlatanes maliciosos, y otros simplemente estaban locos. Juan destacaba por su sencillez y franqueza. Había pasado mucho tiempo en el desierto, vestía ropa tosca y comía frugalmente. Había inventado el rito del bautismo para simbolizar la limpieza de los pecados, y eran muchos los que acudían para escucharle y ser bautizados.

Entre estas personas había saduceos y fariseos, dos grupos rivales entre los maestros judíos. Discrepaban sobre numerosas cuestiones doctrinales, pero los dos gozaban de poder e influencia.

Juan, sin embargo, los trataba con desdén.

—¡Raza de víboras! ¿Huyendo de la ira que se avecina? Más os vale empezar a hacer cosas buenas, más os vale empezar a dar fruto. El hacha ya descansa en la raíz de los árboles. Tened mucho cuidado, porque todo árbol que no dé buen fruto será cortado y arrojado al fuego.

—Pero ¿qué debemos hacer para ser buenos? —le preguntaba la gente.

—Si posees dos túnicas, dale una al que no tiene. Si tienes más pan del que necesitas, compártelo con el hambriento.

Incluso recaudadores de impuestos llegaban para ser bautizados. Los recaudadores de impuestos eran odiados por el pueblo, pues a todos indignaba tener que pagar dinero a las fuerzas de ocupación romanas. Pero Juan no los rechazaba.

—¿Qué debemos hacer, maestro? —preguntaban los recaudadores.

—Recoger el tributo estipulado y ni una moneda más.

También se le acercaban soldados.

—¿Nos bautizarás? ¡Dinos qué debemos hacer para ser buenos!

—Contentaos con vuestro salario y no extorsionéis a la gente con amenazas o falsas acusaciones.

Juan adquirió notoriedad en las zonas rurales no solo por el rito del bautismo, sino también por el vigor que encerraban sus palabras. No hacía mucho había dicho algo de lo que todo el mundo hablaba:

—Yo os bautizo con agua, pero alguien, mucho más poderoso que yo, está por venir. Yo no soy digno de desatarle las sandalias. Él os bautizará con el Espíritu Santo y con fuego. Separará el trigo de la paja; ya sostiene en su mano el aventador. Guardará el grano en el granero, pero la paja arderá en un fuego que nunca se apaga.

El bautismo de Jesús

La noticia de sus enseñanzas llegó a Nazaret, y Jesús, sintiendo curiosidad, decidió ir a escucharle. Partió hacia el Jordán, donde había oído que Juan estaba predicando. Cristo hizo otro tanto, pero los dos hermanos viajaron por separado. Al llegar a la orilla del río se unieron a la gente que aguardaba su turno para ser sumergida en el agua y observaron cómo las personas descendían una a una hasta el río, donde el Bautista se encontraba con el agua hasta la cintura y cubierto con una capa de pelo de camello, su única prenda.

Cuando le tocó el turno a Jesús, Juan alzó una mano para detenerlo.

—Eres tú quien debe bautizarme a mí —dijo.

Cristo, que esperaba su turno en la orilla, se quedó atónito al oír esas palabras.

—No —repuso Jesús—. Soy yo el que acude a ti. Obra de la forma correcta.

Dicho esto, Juan lo sumergió en el agua.

En ese momento, Cristo vio que una paloma sobrevolaba las cabezas de Juan y Jesús y se posaba en un árbol. Quizá se tratara de un presagio. Se preguntó qué podía significar e imaginó lo que una voz le habría dicho si le hubiera hablado desde el cielo.

La tentación de Jesús en el desierto

Después del bautismo, Jesús y Cristo escucharon la prédica de Juan, que tuvo un profundo impacto en los dos. De hecho, Jesús quedó tan impresionado por la personalidad y las palabras del Bautista que decidió abandonar su oficio de carpintero y marcharse al desierto, como había hecho Juan, para tratar de oír también él las palabras de Dios. Así pues, echó a andar solo por el desierto, comiendo frugalmente y durmiendo directamente sobre el áspero suelo.

Entretanto, Cristo regresó a Nazaret y le contó a María lo del bautismo, y también lo de la paloma.

—Voló justo sobre mi cabeza, madre. Luego me pareció oír una voz que hablaba desde el cielo. Era la voz de Dios y me estaba hablando a mí, estoy seguro.

—¡Naturalmente que sí, cariño! Fue tu bautismo especial.

—¿Crees que debería ir a contárselo a Jesús?

—Si quieres, hijo… Si crees que te escuchará…

Partió, y cuarenta días después de que Jesús se adentrara en el desierto Cristo lo encontró arrodillado en el cauce seco de un río, rezando. Lo observó durante un rato, pensando en lo que iba a decirle. Cuando Jesús dejó de rezar y se tendió a la sombra de una roca, se acercó y le habló.

—Jesús, ¿has oído ya la voz de Dios?

—¿Por qué quieres saberlo?

—Porque algo sucedió cuando Juan te estaba bautizando. Vi que los cielos se abrían y una paloma descendía y revoloteaba sobre tu cabeza mientras una voz decía: «Este es mi hijo amado».

Jesús no dijo nada. Cristo le preguntó entonces:

—¿No me crees?

—Naturalmente que no.

—Es evidente que Dios te ha elegido para hacer algo especial. Recuerda lo que te dijo el propio Bautista.

—Se equivocó.

—No, estoy seguro de que no. Eres muy popular, gustas, la gente te escucha cuando hablas. Eres un buen hombre. Eres vehemente e impulsivo, dos cualidades excelentes siempre y cuando estén reguladas por la tradición y la autoridad. Podrías tener mucha influencia. Sería una pena que no la emplearas para hacer cosas buenas. Sé que el Bautista estaría de acuerdo conmigo.

—Vete.

—Te entiendo, estás cansando y hambriento después de todo este tiempo en el desierto. Si eres el hijo de Dios, como oí decir a la voz, podrías ordenar a esas piedras que se convirtieran en panes. Tendrían que hacerlo, y entonces podrías comer hasta saciarte.

—¿Eso crees? Conozco bien las escrituras, canalla. «No solo de pan vive el hombre, sino de toda palabra que sale de la boca de Dios.» ¿Habías olvidado eso? ¿O acaso pensabas que yo lo había olvidado?

—Cómo voy a pensar que has olvidado tus lecciones —repuso Cristo—. En la clase eras tan inteligente como los demás. ¡Imagina, no obstante, el bien que podrías hacer si pudieras alimentar al hambriento! Cuando suplicaran comida, podrías darles una piedra que se transformara en pan. ¡Piensa en los que no tienen que comer, piensa en el sufrimiento que provoca el hambre, piensa en la crueldad de la pobreza y en la tragedia de una mala cosecha! Y tú necesitas comer tanto como el pobre. Si quieres llevar a cabo la obra para la que Dios, sin duda, te ha elegido, no puedes hacerlo famélico.

—No se te ha ocurrido traerme tú el pan, por lo que veo. Hubiera resultado mucho más provechoso que un sermón.

—Está el alimento para el cuerpo y el alimento para el espíritu… —comenzó Cristo, pero Jesús le arrojó una piedra y Cristo retrocedió unos pasos.

Al rato, habló de nuevo.

—Jesús, no te enfades conmigo, escúchame. Sé que quieres hacer el bien, sé que quieres ayudar a la gente, sé que quieres cumplir la voluntad de Dios. Pero has de pensar en el efecto que podrías tener en las gentes corrientes, las gentes sencillas, las gentes ignorantes. Podrías conducirlas hacia el bien, pero para ello necesitan señales y portentos. Necesitan milagros. Las palabras justas convencen a la mente, pero los milagros hablan directamente al corazón y luego al alma. No desprecies los medios que Dios ha puesto a nuestra disposición. Si una persona sencilla te ve transformar una piedra en pan, o sanar a un enfermo, la experiencia podría cambiar su vida. Desde ese momento creerá cada una de tus palabras. Te seguirá hasta el fin del mundo.

—¿Crees que la palabra de Dios puede transmitirse con juegos de magia?

—Yo no lo expresaría de ese modo. Dios siempre ha recurrido a los milagros para convencer a su pueblo. Piensa en cuando Moisés cruzó el mar Rojo con su pueblo. O cuando Elías devolvió la salud al hijo de la viuda. Piensa en la pobre mujer acosada por sus acreedores, a quien Eliseo ordenó que vertiera el aceite de una vasija en varias vasijas vacías, y estas se llenaron hasta arriba y la mujer pudo venderlas y saldar sus deudas. Al ofrecer tales milagros, estamos mostrando al pueblo el poder infinito de la bondad de Dios, y lo hacemos con una inmediatez gráfica para que sus corazones simples vean, comprendan y crean simultáneamente.

—Te estás refiriendo todo el rato a nosotros —dijo Jesús—. ¿Acaso eres uno de esos taumaturgos?

—Yo solo no. ¡Pero tú y yo juntos sí!

—Jamás.

—Imagina, por ejemplo, el impacto que tendría que un hombre subiera a lo alto del templo y saltara al vacío creyendo firmemente que Dios hará lo que dicen los salmos y enviará ángeles para que lo recojan. «Él ha ordenado a sus ángeles que te protejan en todos tus caminos, y con sus brazos te sostendrán para que no tropieces con ninguna piedra.» Figúrate…

—¿Eso es todo lo que has aprendido de las escrituras? ¿Cómo montar espectáculos sensacionalistas para los crédulos? Harías bien en olvidar todo eso y prestar más atención al verdadero significado de las cosas. Recuerda lo que dice la escritura: «No pongas a prueba al Señor, tu Dios».

—En ese caso, ¿cuál es el verdadero significado de las cosas?

—Dios nos ama como un padre, y su Reino está cerca.

Cristo se acercó un poco más.

—Pero eso es precisamente lo que podemos demostrar con milagros —dijo—. Y estoy seguro de que el Reino es una prueba para nosotros: debemos ayudar a preparar el camino. Dios solo tendría que levantar un dedo para conseguirlo, de eso no hay duda, pero ¿no sería mucho mejor que el camino lo prepararan hombres como el Bautista, hombres como tú? Piensa en las ventajas de tener una masa de creyentes, una estructura, una organización. ¡Puedo verlo con tanta claridad, Jesús! Puedo ver el mundo entero reunido en este reino de fieles. ¡Piénsalo! Familias rindiendo culto en comunidad, con un sacerdote en cada pueblo y ciudad, una asociación de grupos locales bajo la dirección y asesoramiento de patriarcas regionales que a su vez tendrían que responder ante la autoridad de un director supremo, ¡una suerte de regente de Dios en la tierra! Habría consejos de eruditos para debatir y acordar los detalles del culto y los rituales y, más importante aún, para regular las complejidades de la fe y determinar lo que debe creerse y lo que no. Puedo ver a los príncipes de las naciones, al mismísimo César, teniendo que inclinarse ante esta organización y jurar obediencia al Reino de Dios en la tierra. Y puedo ver las leyes y proclamas llegando a todos los confines de la tierra. Puedo ver al bondadoso recompensado y al malvado castigado. Puedo ver a misioneros llevando la palabra de Dios a los lugares más recónditos e ignorantes e introduciendo a todo hombre, mujer y niño en la gran familia de Dios. Sí, tanto a gentiles como a judíos. Puedo ver cómo se desvanecen las dudas, cómo desaparecen las discordias, puedo ver los rostros radiantes de los fieles mirando al cielo con veneración. Puedo ver la majestuosidad y el esplendor de los grandes templos, los patios, los palacios dedicados a la gloria de Dios. ¡Y puedo ver esta maravillosa obra prolongándose de generación en generación, de milenio en milenio! ¿No te parece una visión maravillosa, Jesús? ¿No es algo por lo que merezca la pena perder hasta la última gota de sangre de nuestro cuerpo? ¿Te unirás a mí en esta empresa? ¿Serás parte de esta extraordinaria obra y ayudarás a traer el Reino de Dios a la tierra?

Jesús miró a su hermano.

—Fantasma —dijo—, sombra humana. ¿Hasta la última gota de sangre de nuestro cuerpo? Tú no tienes sangre de la que poder hablar; sería mi sangre la que ofrecerías para hacer realidad tu visión. Lo que describes suena a obra de Satanás. Dios traerá su Reino como quiera y cuando quiera. ¿Crees que tu poderosa organización lo reconocería cuando llegara? ¡Incauto! El Reino de Dios entraría en esos magníficos patios y palacios como un pobre viajero con polvo en los pies. Los guardias enseguida repararían en él, le pedirían la documentación, le darían una paliza y por último lo echarían a la calle. «Sigue tu camino», le dirían, «nada se te ha perdido aquí.»

—Lamento que lo veas de ese modo —dijo Cristo—. Ojalá me permitieras persuadirte. Es justamente tu vehemencia, tu impecable moralidad, tu pureza lo que podría resultarnos tan útil. Sé que al principio cometeríamos errores. ¿No te unirías a mí para enmendarlos? Nadie en la tierra podría guiarnos mejor que tú. ¿No te parece preferible comprometerse, entrar y mejorar las cosas, que quedarse fuera y limitarse a criticar?

—Algún día alguien te recordará esas palabras y sentirás que las náuseas y la vergüenza te retuercen el estómago. Ahora déjame solo. Rinde culto a Dios. Esa es la única tarea en la que debes pensar.

Cristo dejó a Jesús en el desierto y regresó a Nazaret.

José da la bienvenida a su hijo

En esa época José estaba ya muy viejo. Cuando vio entrar a Cristo en la casa, lo confundió con su primogénito y se levantó trabajosamente para abrazarle.

—¡Jesús! —dijo—. ¡Mi querido hijo! ¿Dónde has estado? ¡Te he echado tanto de menos…! No debiste marcharte sin decirme nada.

—No soy Jesús, padre —repuso Cristo—. Soy tu hijo Cristo.

José retrocedió y dijo:

—Entonces, ¿dónde está Jesús? Le echo de menos. Creo que es una pena que no esté aquí. ¿Por qué se ha ido?

—Está en el desierto haciendo sus cosas —dijo Cristo.

José se llevó un gran disgusto, pues pensó que ya nunca volvería a ver a Jesús. El desierto estaba plagado de peligros; podría sucederle cualquier cosa.

Poco después José oyó en la ciudad el rumor de que Jesús había sido visto regresando a casa y ordenó la preparación de un gran festín para celebrar su vuelta. Cristo estaba en la sinagoga cuando se enteró de la noticia y fue corriendo a casa para reprochárselo a su padre.

—Padre, ¿por qué preparas un festín para Jesús? Yo nunca he abandonado esta casa, nunca he desobedecido tus órdenes, y sin embargo nunca has preparado un festín en mi honor. Jesús, en cambio, se marchó sin avisar, te dejó con trabajo por hacer y no piensa en su familia ni en nadie.

—Tú siempre estás en casa —repuso José—. Todo lo que tengo también es tuyo. Pero cuando alguien vuelve a casa después de una larga ausencia, es justo celebrarlo con un festín.

Y hallándose Jesús todavía a un trecho, José salió corriendo a su encuentro. Le besó y abrazó afectuosamente. Jesús, conmovido por el gesto del anciano, dijo:

—Padre, he pecado contra ti. Hice mal al no comunicarte mi marcha. No soy digno de ser llamado tu hijo.

—¡Mi querido hijo! ¡Te daba por muerto y estás vivo!

Y José besó de nuevo a Jesús, le colocó sobre los hombros una túnica limpia y lo condujo al festín. Cristo saludó calurosamente a su hermano, pero Jesús le miró como si supiera lo que le había dicho a su padre. Nadie más lo había oído, y nadie reparó en la mirada que cruzaron.

Jesús inicia su ministerio

Poco tiempo después corrió la noticia de que Juan el Bautista había sido prendido por orden del rey Herodes Antipas, hijo del Herodes que había ordenando la matanza de los niños de Belén. Herodes Antipas le había arrebatado la esposa a su hermano Filipo y se había casado con ella, desafiando así las leyes de Moisés, y Juan le había criticado abiertamente por ello. El rey, indignado, ordenó su prendimiento.

Esa pareció ser una señal para Jesús, que empezó de inmediato a predicar y enseñar en Cafarnaún y demás ciudades en torno al mar de Galilea. Al igual que Juan, Jesús alentaba a la gente a arrepentirse de sus pecados, diciéndoles que el Reino de Dios estaba cerca. Sus palabras hacían mella en mucha gente, pero algunos pensaban que era demasiado imprudente, porque a las autoridades romanas no iba a gustarles oír palabras tan incendiarias, y tampoco a los dirigentes de los judíos.

Jesús no tardó en atraer seguidores. Un día, mientras caminaba por la orilla del lago, se puso a conversar con dos hermanos pescadores, Pedro y Andrés, que estaban echando la red al agua.

—Venid conmigo —dijo—, y ayudadme a pescar hombres y mujeres en lugar de peces.

Al verlo acompañado de aquellos dos, otros dos pescadores llamados Jacobo y Juan, hijos de Zebedeo, dejaron a su padre y le siguieron también.

Jesús no tardó en ser conocido en la región no solo por sus palabras, sino por los extraordinarios sucesos que, según se decía, tenían lugar allí adonde iba. Por ejemplo, un día fue a casa de Pedro y encontró a su suegra con fiebre muy alta. Cuando Jesús entró para hablar con ella, la mujer se recuperó de golpe y se levantó para servirles comida. La gente decía que había sido un milagro.

En otra ocasión, hallándose Jesús en la sinagoga de Cafarnaún un sábado, un hombre empezó a gritar:

—¿A qué has venido, Jesús de Nazaret? ¿Qué crees que estás haciendo? ¡Déjanos en paz! ¿Has venido a destruirnos? ¡Sé quién eres! Te haces llamar el Santo de Dios. ¿Lo eres? ¿Realmente lo eres?

El hombre era un poseso inofensivo, una de esas criaturas que gritan y berrean por razones que ni ellos entienden, que oyen voces y hablan con gente imaginaria.

Jesús le miró con calma y dijo:

—Ya puedes dejar de gritar. Se ha ido.

El hombre calló y se quedó muy quieto, abochornado, como si acabara de despertarse en medio de la multitud. A partir de entonces ya nunca volvió a gritar, y la gente decía que era porque Jesús lo había exorcizado y le había extirpado el demonio. Y así fue como empezaron a correr historias. La gente decía que podía curar toda clase de enfermedades y que los espíritus malignos huían cuando él hablaba.

De vuelta en Nazaret, el sábado fue a la sinagoga, como era su costumbre. Se levantó para leer y el encargado le tendió el rollo del profeta Isaías.

—¿No es ese el hijo de José, el carpintero? —susurró alguien.

—He oído que ha estado predicando y haciendo milagros en Cafarnaún —susurró otro.

—Si es de Nazaret, ¿por qué se va a hacer milagros a Cafarnaún? —susurró un tercero—. Debería quedarse aquí y hacer obras buenas en su ciudad.

Jesús leyó las palabras de un lado del libro y del otro:

«El espíritu del Señor está conmigo, pues él me ha ungido para llevar buenas nuevas a los pobres».

«Me ha enviado a proclamar la liberación de los cautivos y la restitución de la vista a los ciegos, a liberar a los oprimidos.»

«A proclamar el año del favor del Señor.»

Devolvió el rollo. Todos los ojos estaban fijos en él, pues la gente estaba impaciente por oír sus palabras.

—Queréis un profeta —dijo—. Más que eso: queréis un taumaturgo. Oí los murmullos que corrían por la sinagoga cuando me levanté. Queréis que haga aquí lo que os han contado que hice en Cafarnaún. También yo he oído esos rumores, pero tengo juicio suficiente para no hacer caso de ellos. Es preciso que reflexionéis. Muchos de vosotros sabéis quién soy: Jesús, el hijo del carpintero José, y esta es mi ciudad natal. ¿Cuándo ha sido honrado un profeta en su ciudad natal? Si os creéis merecedores de milagros por quienes sois, pensad en esto: cuando el hambre asoló la tierra de Israel y en tres años no cayó una sola gota de lluvia, ¿a quién ayudó el profeta Elías por orden de Dios? ¿A una viuda israelita? No, a una viuda de Sarpeta de Sidón. Una extranjera. Asimismo, ¿había leprosos en la tierra de Israel en los tiempos de Eliseo? Muchos. ¿Y a quién sanó? Al sirio Naamán. ¿Pensáis que os basta con ser quienes *sois*? Más os vale comenzar a considerar qué *hacéis*.

Cristo escuchaba las palabras de su hermano mientras observaba detenidamente a los presentes, y no se sorprendió cuando la ira se apoderó de ellos. Sabía que sus palabras los enfurecerían, y habría advertido de ello a Jesús si le hubiera consultado. Esa no era forma de transmitir un mensaje.

—¿Quién se cree que es? —dijo uno.

—¿Cómo se atreve a venir aquí y hablarnos de ese modo? —dijo otro.

—¡Esto es un escándalo! —exclamó un tercero—. ¡No deberíamos estar escuchando a un hombre que habla mal de su propia gente, y en la sinagoga, nada menos!

Antes de que Jesús pudiera decir nada más, se levantaron y lo prendieron. Se lo llevaron a lo alto de la colina que se alzaba sobre la ciudad y lo habrían arrojado ladera abajo, pero entre la confusión y la lucha —pues habían acudido amigos y seguidores de Jesús y estaban peleando con la gente de la ciudad— Jesús consiguió huir ileso.

Cristo, que lo había presenciado todo, sopesó la relevancia de lo que acababa de suceder. Dondequiera que iba Jesus se producían escenas de agitación, entusiasmo e incluso peligro. Seguro que no tardaría en despertar el interés de las autoridades.

El extraño

En torno a esa época un extraño se acercó a Cristo y le habló en privado.

—Estoy interesado en ti —dijo—. Tu hermano es quien atrae toda la atención, pero yo diría que es contigo con quien debo hablar.

—¿Quién eres? —le preguntó Cristo—. ¿Y por qué conoces mi nombre? A diferencia de Jesús, yo nunca he hablado en público.

—Oí la historia de tu nacimiento. Unos pastores tuvieron una visión que los condujo hasta ti, y unos magos de Oriente te llevaron presentes. ¿Es correcto?

—Sí, sí —dijo Cristo.

—Y ayer hablé con tu madre y me contó lo que pasó cuando Juan bautizó a Jesús. Oíste una voz que hablaba desde una nube.

—Mi madre no debería habértelo contado —dijo Cristo con modestia.

—Y hace unos años desconcertaste a los sacerdotes del templo de Jerusalén cuando tu hermano se metió en problemas. La gente recuerda esas cosas.

—Pero… ¿quién eres? ¿Y qué quieres?

—Quiero asegurarme de que recibas tu justa recompensa. Quiero que el mundo conozca tu nombre además del de Jesús. De hecho, quiero que tu nombre brille con mayor esplendor aún que el suyo. Jesús es un hombre y nada más que un hombre, mientras que tú eres la palabra de Dios.

—No conozco esa expresión, la palabra de Dios. ¿Qué significa? E insisto, señor, ¿quién eres?

—Existe el tiempo y existe lo que está fuera del tiempo. Existe la oscuridad y existe la luz. Existe el mundo y la carne y existe Dios. Esas cosas están separadas por un abismo tan profundo que no hay hombre capaz de medirlo, ni hombre capaz de cruzarlo. La palabra de Dios, sin embargo, puede pasar de Dios al mundo y a la carne, de la luz a la oscuridad, de lo que está fuera del tiempo al tiempo. Ahora debo irme, y tú debes observar y esperar, pero volveremos a vernos.

Y se marchó. Cristo ignoraba su nombre, pero el extraño había hablado con tanta sabiduría y claridad que supo, sin necesidad de preguntar, que se trababa de un maestro importante, seguramente un sacerdote, puede que del mismo Jerusalén. Después de todo, había mencionado el incidente en el templo. ¿De qué otra manera hubiera podido enterarse?

Jesús y el vino

Tras su expulsión de la sinagoga de Nazaret, Jesús se descubrió seguido por multitudes a dondequiera que fuese. Algunas personas decían que sus palabras eran una prueba de que había perdido la cabeza, y su familia, temiendo lo que pudiera hacer, trataba de hacerle entrar en razón.

Pero Jesús apenas prestaba atención a su familia. En una ocasión, durante una boda en el pueblo de Canaán, su madre le dijo:

—Jesús, se ha terminado el vino.

Y él le respondió:

—¿Qué tiene que ver eso conmigo o contigo? ¿Acaso eres como mi hermano y quieres que haga un milagro?

María, no sabiendo cómo responder a esa pregunta, se limitó a decir a los sirvientes:

—Haced lo que él os diga.

Jesús habló en privado con el encargado del banquete, y al rato los sirvientes encontraron más vino. Unos dijeron que Jesús había convertido agua en vino usando la magia; otros, que los sirvientes habían escondido el vino con intención de venderlo más tarde y que Jesús había descubierto su falta, y otros únicamente recordaban la rudeza con que Jesús había hablado a su madre.

En otra ocasión que estaba hablando a un grupo de desconocidos, un hombre se le acercó y le dijo:

—Tu madre, tus hermanos y tus hermanas están fuera y preguntan por ti.

A lo que Jesús respondió:

—Mi madre, mis hermanos y mis hermanas están aquí, justo delante de mí. No tengo más familia que quienes cumplen la voluntad de Dios, y quien cumpla la voluntad de Dios será mi madre, mi hermano y mi hermana.

Su familia quedó consternada al enterarse de sus palabras, pues con ellas lo único que Jesús hacía era dar aliento a los rumores que empezaban a rodear su nombre y proporcionar a la gente una nueva razón para alimentar historias.

Jesús era consciente de las cosas que la gente decía de él y procuraba ponerles freno. En una ocasión, un hombre que tenía la piel cubierta de forúnculos y llagas fue a verle y le dijo:

—Señor, podrías sanarme si quisieras.

El proceso habitual para limpiar a un leproso (como se llamaba a las personas con enfermedades cutáneas) era largo y costoso. Tal vez aquel hombre solo deseara ahorrarse el gasto, pero Jesús vio fe en su ojos, de modo que le abrazó y le besó en la cara. El hombre sanó al instante. Cristo, que se encontraba cerca, era la única persona que estaba mirando, y el gesto de Jesús lo dejó atónito.

—Ahora ve donde el sacerdote, como ordenó Moisés —dijo Jesús al leproso—, y pídele un certificado de limpieza. Pero no hables de esto con nadie más, ¿entendido?

El hombre, sin embargo, desobedeció y contó su curación a todo el que se encontraba. Esas cosas, lógicamente, aumentaban la popularidad de Jesús, y la gente acudía a él no solo para escuchar sus palabras, sino para que la curara de sus enfermedades.

Jesús escandaliza a los escribas

Alarmados por la fama de Jesús, los maestros y abogados religiosos, los escribas, decidieron tomar medidas para tratar el problema y empezaron a acudir a los lugares donde Jesús predicaba. En una ocasión, la casa donde estaba hablando se encontraba abarrotada de gente, y unos hombres que habían llevado a un amigo paralítico con la esperanza de que Jesús lo sanara descubrieron que no podían llegar a la puerta. Así pues, se encaramaron al tejado, arrancaron parte del yeso, quitaron las vigas y bajaron al enfermo sobre una estera hasta dejarlo delante de Jesús.

Jesús vio que el paralítico y sus amigos habían acudido impulsados por una fe y una esperanza sinceras, y que la multitud estaba entusiasmada y expectante. Consciente del efecto que tendría, dijo al paralítico:

—Amigo, tus pecados te son perdonados.

Los escribas —en su mayoría abogados rurales, hombres de pocas luces o conocimiento— murmuraron:

—¡Esto es una blasfemia! Solo Dios puede perdonar los pecados. ¡Este hombre se está buscando problemas!

Jesús los vio murmurar y, consciente de lo que le responderían, los desafió.

–¿Por qué no os pronunciáis en voz alta? Decidme una cosa: ¿qué es más fácil, decir «Tus pecados te son perdonados» o «Recoge tu estera y anda»?

Los escribas cayeron en la trampa y respondieron:

–«Tus pecados te son perdonados», naturalmente.

–Muy bien –dijo Jesús, y volviéndose hacia el paralítico, le ordenó–: Ahora, recoge tu estera y anda.

El hombre, fortalecido e inspirado por la atmósfera generada por Jesús, descubrió que podía moverse. Hizo lo que Jesús le había dicho: se levantó, recogió su estera y fue a reunirse con sus amigos, que le aguardaban fuera. La gente apenas podía creer lo que había visto, y los escribas estaban desconcertados.

Poco después de eso tuvieron otro motivo para escandalizarse. Un día que Jesús pasaba por delante de una oficina de tributos, se detuvo a hablar con el recaudador de impuestos, un hombre llamado Mateo. Como hiciera con los pescadores Pedro y Andrés, y con Jacobo y Juan, hijos de Zebedeo, Jesús le dijo:

–Sígueme.

Mateo dejó sus monedas, su ábaco, sus carpetas y actas, y se levantó para seguir a Jesús. Para celebrar su nueva vocación como discípulo, ofreció una cena a Jesús y los demás discípulos, e invitó también a muchos de sus viejos colegas del departamento de tributos. Y hete aquí el escándalo: los escribas que se enteraron de lo ocurrido no podían creer que un maestro judío, un hombre que hablaba en la sinagoga, pudiera compartir una comida con recaudadores de impuestos.

–¿Por qué lo hace? –preguntaron a algunos discípulos–. A veces no nos queda más remedio que hablar con esa gente, pero ¡sentarse a comer con ellos!

Fue fácil para Jesús responder a esa acusación.

–El que no está enfermo no necesita un médico –dijo–. Y no es necesario pedir al honrado que se arrepienta. Si he venido es, precisamente, para hablar con los pecadores.

Como es lógico, Cristo seguía todo eso con sumo interés. Respetando las instrucciones del extraño de observar y esperar, hacía lo posible por pasar desapercibido, viviendo en Nazaret y llevando una existencia tranquila. No le resultaba difícil pasar desapercibido, pues aunque se parecía a su hermano tenía una cara fácil de olvidar, y su actitud era siempre discreta y retraída.

Procuraba, sin embargo, escuchar todos los rumores que llegaban a la familia sobre las actividades de Jesús. Era una época de agitación política en Galilea; grupos como los zelotes estaban alentando a los judíos a la resistencia activa contra los romanos, y a Cristo le preocupaba que su hermano atrajera la atención que no debía y se convirtiera en blanco de las autoridades.

Y cada día abrigaba la esperanza de ver de nuevo al extraño y averiguar más cosas sobre su labor como la palabra de Dios.

Jesús predica en la montaña

Un día Jesús salió a recibir a una extensa multitud que había llegado de muy lejos; además de los habitantes de Galilea, había gentes de la región de las Decápolis (situada más allá del Jordán), de Jerusalén y de Judea. A fin de que todos pudieran escuchar sus enseñanzas, subió a las montañas seguido de sus discípulos y de la multitud. Cristo caminaba discretamente entre ellos, y nadie le conocía, pues todos provenían de otras provincias. Llevaba consigo una tablilla y un estilete para anotar las palabras de Jesús.

Cuando hubo alcanzado un lugar prominente, Jesús empezó a hablar.

—¿Qué predico yo? —dijo—. El Reino de Dios, eso predico. Cada vez está más cerca, amigos míos. Y hoy voy a contaros quién será aceptado en el reino de Dios y quién no, de modo que prestad mucha atención. Es la diferencia entre ser bienaventurado y ser condenado. No hagáis oídos sordos a lo que os digo, porque mucho depende de ello.

»Bienaventurados serán los pobres. Los que ahora nada poseen, pronto heredarán el Reino de Dios.

»Bienaventurados serán los hambrientos. En el Reino serán colmados de buenos alimentos; jamás volverán a pasar hambre.

»Bienaventurados serán los afligidos; bienaventurados los que ahora lloran, porque cuando llegue el Reino serán consolados y reirán jubilosos.

»Bienaventurados serán los que ahora son objeto de desprecio y odio. Bienaventurados serán los perseguidos, los calumniados, los difamados y los exiliados. Acordaos de los profetas, pensad en el mal trato que recibieron y alegraos de que la gente os trate como a ellos, porque cuando llegue el Reino, creedme, inmensa será vuestra dicha.

»Bienaventurados serán los misericordiosos, los bondadosos y los mansos. Ellos heredarán la tierra.

»Bienaventurados los limpios de corazón que no piensan mal de los demás.

»Bienaventurados los que fomentan la paz entre enemigos, los que resuelven amargas disputas. Ellos son los hijos de Dios.

»Mas no os confiéis y recordad esto: los hay que serán condenados, que nunca heredarán el Reino de Dios. ¿Queréis saber quiénes son? Aquí los tenéis:

»Condenados serán los ricos. Ya han recibido todo el consuelo que van a obtener.

»Condenados serán los que ahora tienen el estómago lleno. Eternamente padecerán los retortijones del hambre.

»Condenados los que contemplan indiferentes la pobreza y el hambre y miran hacia otro lado con una sonrisa en los labios; su aflicción será ilimitada; llorarán toda la eternidad.

»Condenados los que son elogiados por los poderosos, los adulados y halagados en voz alta en lugares públicos. En el Reino no habrá lugar para ellos.

La gente aclamó las palabras de Jesús y se aglomeró un poco más a su alrededor para seguir escuchando lo que tenía que decir.

El extraño salva a Cristo

Alguien de la multitud, no obstante, se había percatado de que Cristo estaba anotando las palabras de Jesús y exclamó:

—¡Un espía! ¡Es un espía de los romanos! ¡Tirémoslo montaña abajo!

Antes de que Cristo pudiera defenderse, una voz a su lado replicó:

—Te equivocas, amigo. Este hombre es de los nuestros. Está anotando las palabras del maestro para poder transmitir a otros la buena nueva.

El hombre le creyó y se volvió para seguir escuchando a Jesús, olvidándose por completo de Cristo, que advirtió que el individuo que le había defendido era nada menos que el extraño, el sacerdote cuyo nombre seguía ignorando.

—Ven conmigo —le dijo el extraño.

Se distanciaron de la multitud y tomaron asiento a la sombra de un taray.

—¿Hago bien? —preguntó Cristo—. Quería asegurarme de plasmar debidamente las palabras de Jesús, por si alguien las ponía en duda más tarde.

—Es una excelente idea —dijo el extraño—. A veces se corre el peligro de que la gente malinterprete las palabras de un orador popular. Por eso es preciso corregir lo que se ha dicho, precisar el sentido y aclarar los puntos complejos para las mentes simples. De hecho, quiero que continúes. Anota todo lo que tu hermano diga y yo iré recogiendo tus anotaciones para poder iniciar la labor de interpretación.

—Creo que las palabras de Jesús podrían resultar sediciosas —dijo Cristo—. Aquel hombre pensaba que yo era un espía de los romanos… No sería de extrañar que los romanos se interesaran por Jesús.

—Una observación muy perspicaz —dijo el extraño—. Eso es justamente lo que debemos tener presente. Los asuntos políticos son delicados y peligrosos, y se necesita temple y una mente aguda para sortearlos sin percances. Estoy seguro de que podemos confiar en ti.

Y estrechándole amistosamente por los hombros, el extraño se levantó y se marchó. Cristo tenía un montón de preguntas que hacerle, pero el extraño se perdió entre la multitud antes de que pudiera abrir la boca. La manera en que le había hablado de los asuntos políticos le hizo dudar de su primera suposición. Tal vez el extraño no fuera solo un sacerdote, sino incluso un miembro del Sanedrín. El Sanedrín era el consejo encargado de resolver los asuntos doctrinales y jurídicos de los judíos, así como de supervisar las relaciones entre los judíos y los romanos, y sus miembros eran, obviamente, hombres de gran sabiduría.

Jesús prosigue su sermón en la montaña

Cristo cogió su tablilla y su estilete y se trasladó a un lugar donde pudiera oír bien las palabras de su hermano. Al parecer, alguien le había pedido que les hablara de la ley y de si lo que esta decía sería válido cuando llegara el Reino de Dios.

—Ni por un momento penséis que os estoy pidiendo que deis la espalda a la doctrina de la ley y los profetas —dijo Jesús—. No he venido para abolirla, sino para cumplirla. En verdad os digo que ni una palabra ni una letra de la ley será reemplazada hasta que el cielo y la tierra desaparezcan. Si quebrantáis uno solo de los mandamientos, por pequeño que sea, ateneos a las consecuencias.

—Pero hay grados, ¿no, maestro? —dijo alguien—. Un pecado pequeño no puede ser tan malo como un pecado grande.

—Como bien sabes, existe un mandamiento contra el asesinato. ¿Dónde pondrías el límite? ¿Dirías que matar está mal pero pegar a alguien no tanto, y que simplemente enfadarse no está mal en absoluto? Yo os digo que si os enfadáis con un hermano o una hermana, y con eso quiero decir con cualquiera, aunque se trate de una simple rabieta, no oséis llevar una ofrenda al templo hasta que os hayáis reconciliado. Eso es lo primero.

»No quiero oír hablar de pecados pequeños y pecados grandes. Esa distinción no sirve en el Reino de Dios. Y eso va también por el adulterio. Conocéis el mandamiento contra el adulterio. Este dice: "No cometas adulterio". No dice: "No debes cometer adulterio, pero no pasa nada por pensar en él". Sí pasa. Cada vez que miras a una mujer con lujuria estás cometiendo adulterio con ella en tu corazón. No lo hagas. Y si tus ojos siguen mirando en esa dirección, arráncatelos. ¿Creéis que el adulterio está mal pero el divorcio es aceptable? Estáis muy equivocados. Si te divorcias de tu esposa por otra causa que no sea su infidelidad, estarás haciendo que cometa adulterio cuando vuelva a casarse. Y si te casas con una mujer divorciada, eres tú el que comete adulterio. El matrimonio es una cosa muy seria. Y también el infierno, al que iréis si pensáis que mientras evitéis los pecados grandes podéis cometer impunemente pecados pequeños.

—Has dicho, maestro, que no debemos ser violentos, pero si alguien nos ataca, podremos defendernos, ¿verdad?

—¿Ojo por ojo y diente por diente? ¿Es en eso en lo que estás pensando? No lo hagas. Si alguien te golpea en la mejilla derecha, ofrécele también la izquierda. Si alguien quiere arrebatarte la túnica, entrégale también la capa que la acompaña. Si te obliga a caminar un kilómetro, camina dos. ¿Sabes por qué? Porque debes amar a tus enemigos, por eso. Sí, me has oído bien: amar a tus enemigos y orar por ellos. Piensa en Dios, tu Padre celestial, y haz como él. Dios hace que el sol salga para el malvado y el bondadoso; envía lluvia al justo y al injusto. ¿Qué valor tiene amar únicamente a quien te ama? Hasta los recaudadores de impuestos hacen eso. Y si solo te preocupas de tus hermanos y hermanas, te comportas como los gentiles. Sed, pues, perfectos.

Cristo lo anotó todo diligentemente, asegurándose de añadir «Estas son las palabras pronunciadas por Jesús» en cada tablilla, para que nadie pudiera pensar que eran sus propias opiniones.

Alguien preguntó sobre las limosnas.

—Buena pregunta —dijo Jesús—. Si das una limosna, no lo cuentes. Guarda silencio. Ya sabes qué clase de gente hace alarde de su generosidad; no actúes como ellos. Que nadie sepa que das, ni cuánto das, ni por qué das. No dejes siquiera que tu mano izquierda sepa lo que hace tu mano derecha. Tu Padre celestial lo verá, no has de preocuparte por eso.

»Y ya que estoy hablando del silencio, he aquí otra cosa con la que debéis ser discretos: la oración. No seáis como esos hipócritas jactanciosos que oran en voz alta para que todos sus vecinos sepan de su devoción. Ve a tu aposento, cierra la puerta y ora en silencio y en secreto. Tu padre lo oirá. ¿Habéis oído rezar alguna vez a los gentiles? Tanta palabrería, tanto blablablá, como si el sonido de sus voces sonaran como música a los oídos de Dios. No seáis como ellos. No hace falta que le contéis a Dios lo que deseáis; él ya lo sabe.

»He aquí cómo debéis orar. Debéis decir:

»Padre nuestro que estás en los cielos, santificado sea tu nombre.

»Venga a nosotros tu Reino, hágase tu voluntad así en la tierra como en el cielo.

»El pan nuestro de cada día dánosle hoy, y perdónanos nuestras deudas, así como nosotros perdonamos a nuestros deudores y no nos dejes caer en la tentación, más líbranos del mal.

»Amén.

—Maestro —dijo alguien—, si, como dices, el Reino está cerca, ¿cómo debemos vivir? ¿Debemos seguir con nuestros oficios? ¿Debemos construir casas, formar familias y pagar impuestos como hemos hecho siempre? ¿O han cambiando las cosas ahora que sabemos que el Reino está cerca?

—Tienes razón, amigo, las cosas han cambiado. No necesitáis preocuparos por lo que vais a comer o beber, dónde vais a dormir, qué vais a vestir. Observad a las aves. ¿Es que ellas siembran o cosechan? ¿Es que recogen el trigo en el granero? No hacen nada de eso, y sin embargo su Padre celestial les proporciona alimento todos los días. ¿No os creéis más valiosos que esas aves? Y pensad en lo que hacen las preocupaciones: ¿sabéis de alguien que haya alargado una sola hora de su vida por preocuparse por ella?

»Pensad también en el vestido. Fijaos en la belleza de los lirios del campo. Ni el esplendor de Salomón, con toda su grandeza, puede compararse al de una flor silvestre. Y si Dios viste así los prados, ¿no creéis que cuidará aún mejor de vosotros? ¡Hombres de poca fe! Os lo he dicho otras veces: no os comportéis como los gentiles. Ellos son los que se inquietan por esas cosas. Dejad, pues, de preocuparos por el mañana; mañana será otro día. El hoy ya tiene suficiente desazón.

—¿Qué debemos hacer si vemos que alguien obra mal? —preguntó un hombre—. ¿Debemos corregirle?

—¿Quién eres tú para juzgar? —dijo Jesús—. Ves la paja en el ojo de tu vecino y no ves la viga en tu propio ojo. Saca primero la viga de tu ojo y entonces verás claro para sacar la paja del ojo de tu vecino.

»Y es preciso que veáis claro cuando observáis lo que estáis haciendo. Es preciso que reflexionéis y hagáis las cosas bien. No echéis carne sacrificada a los perros; sería como arrojar perlas a los cerdos. Pensad en lo que eso significa.

—Maestro, ¿cómo podemos saber que todo irá bien? —dijo un hombre.

—Simplemente pedid y se os dará. Buscad y encontraréis. Llamad y la puerta se abrirá. ¿No me creéis? Pensad en esto: ¿existe un solo hombre o mujer en la tierra que, cuando su hijo le pide pan, le entregue una piedra? Naturalmente que no. Si vosotros, siendo pecadores, sabéis alimentar a un hijo, ¿no va a saber mucho mejor vuestro Padre celestial cómo dar buenas cosas a quien las pide?

»Pronto dejaré de hablar, pero hay algunas cosas que es preciso que escuchéis y recordéis. Hay profetas auténticos y profetas falsos, y sabréis diferenciarlos observando los frutos que dan. ¿Acaso recogéis uvas de los espinos o buscáis higos entre los cardos? Naturalmente que no, porque un árbol malo no da buen fruto y un árbol bueno no da mal fruto. Distinguiréis a un profeta verdadero de un profeta falso por los frutos que den. Y el árbol que da mal fruto será cortado y arrojado al fuego.

»Recordad esto también: tomad el camino arduo, no el fácil. El camino que conduce a la vida es arduo y pasa por una puerta estrecha, mientras que el camino que conduce a la destrucción es fácil y su puerta es ancha. Muchos toman el camino fácil; pocos toman el camino arduo. Vuestra tarea es encontrar el camino arduo y seguirlo.

»Si escucháis mis palabras y actuáis de acuerdo con ellas seréis como el sabio que edifica su casa sobre una roca. Aunque diluvie y lleguen inundaciones, aunque el viento aúlle y zarandee la casa con violencia, esta permanecerá en pie porque ha sido construida sobre una roca. Pero si escucháis mis palabras y no actuáis de acuerdo con ellas, seréis como el necio que edifica su casa sobre arena. ¿Qué ocurre cuando llegan las lluvias, las inundaciones y los vientos? Que la casa se cae, y con gran estruendo.

»Por último os diré: haced por los demás lo que desearíais que ellos hicieran por vosotros.

»Esta es la doctrina de la ley y los profetas, eso es todo lo que necesitáis saber.

Mientras Cristo observaba a la multitud dispersarse, prestó atención a sus comentarios.

–Él no es como los escribas –dijo uno.

–Parece saber muchas cosas.

–¡Nunca había oído a nadie hablar con tanta claridad!

—Sus palabras no tienen nada que ver con la charlatanería de los predicadores corrientes. Este hombre sabe de lo que habla.

Cristo consideró todo lo que había oído ese día y lo meditó profundamente mientras transcribía las palabras de su tablilla a un pergamino; mas no habló de ello con nadie.

La muerte de Juan

Juan el Bautista había estado todo ese tiempo en prisión. El rey Herodes Antipas deseaba sentenciarlo a muerte, pero sabía que era muy popular y temía lo que el pueblo pudiera hacer como respuesta. La esposa del rey —matrimonio que Juan había criticado— se llamaba Herodías y tenía una hija llamada Salomé. Cuando la corte estaba celebrando el cumpleaños de Herodes, Salomé danzó para él, y agradó tanto a los comensales que Herodes prometió darle lo que le pidiera. Inducida por su madre, Salomé dijo:

—Quiero que me entregues la cabeza de Juan el Bautista en una bandeja.

Herodes estaba muy abatido por dentro, pero había hecho la promesa delante de sus invitados y no podía echarse atrás. Así pues, ordenó al verdugo que se personara en la prisión y decapitara a Juan. El verdugo así lo hizo y, tal como Salomé había solicitado, la cabeza llegó sobre una bandeja. La muchacha se la entregó a Herodías. En cuanto al cuerpo del Bautista, sus seguidores fueron a buscarlo a la prisión para darle sepultura.

Jesús alimenta a la multitud

Conscientes de lo mucho que respetaba a Juan, algunos seguidores del Bautista fueron a Galilea para contarle a Jesús lo sucedido. Buscando un poco de soledad, Jesús se alejó en una barca. Nadie sabía adónde había ido, pero Cristo se lo comunicó a una o dos personas y la noticia se divulgó con rapidez. Cuando Jesús llegó a la orilla de un lugar que creía recóndito, descubrió que lo aguardaba una gran multitud.

Apiadándose de ellos, empezó a hablar, y personas enfermas se sintieron reanimadas por su presencia y se declararon curadas.

Cuando se acercaba la noche, los discípulos dijeron a Jesús:

—Estamos en un lugar despoblado y esta gente necesita comer. Diles que se vayan y busquen un pueblo donde encontrar comida. No pueden pasar la noche aquí.

Jesús respondió:

—No hace falta que se vayan. ¿Cuánta comida tenéis entre vosotros?

—Tan solo cinco panes y dos peces, señor.

—Dádmelos —dijo Jesús.

Tomó los panes y los peces, los bendijo y preguntó a la multitud:

—¿Veis cómo reparto estos alimentos? Haced vosotros lo mismo y habrá para todos.

Efectivamente, resultó que un hombre había llevado tortas de cebada, y otro un par de manzanas, y un tercero pescado salado, y un cuarto tenía un bolsillo lleno de uvas pasas, y así sucesivamente. Al final, entre unos y otros, reunieron comida suficiente para todos. Nadie se quedó con hambre.

Cristo, que estaba viéndolo todo y tomando nota, lo documentó como otro milagro.

El informante y la mujer cananea

Pero Cristo no podía seguir a Jesús a todas partes. Habría llamado la atención, y para entonces estaba seguro de que debía permanecer en segundo plano. Así pues, pidió a uno de sus discípulos que le contara lo que sucedía cuando él no estaba presente; en secreto, claro.

—No hay necesidad de decírselo a Jesús —le explicó Cristo—, pero estoy plasmando por escrito sus sabias palabras y maravillosas obras, y me resultaría muy útil poder contar con una fuente fiable.

—¿Para quién? —preguntó el discípulo—. ¿No será para los romanos? ¿O los fariseos? ¿O los saduceos?

—No, no. Es para el Reino de Dios. Todos los reinos tienen un historiador. ¿Cómo conoceríamos sino las grandes hazañas de David y Salomón? Mi función no es más que la de un simple historiador. ¿Me ayudarás?

El discípulo aceptó y no tardó en tener algo que contar. Sucedió cuando Jesús se hallaba fuera de Galilea, recorriendo la franja costera entre Tiro y Sidón. Era evidente que su fama había llegado hasta allí, porque una mujer de la provincia, una cananea, al enterarse de su presencia fue de inmediato a verle para gritar:

—¡Ten piedad de mí, hijo de David!

Se dirigía así a él pese a tratarse de una gentil. Sin embargo, Jesús no se dejó impresionar y no le prestó atención, aun cuando sus gritos empezaban a molestar a los discípulos que le acompañaban.

—¡Despedidla, maestro! —dijeron.

Finalmente Jesús se volvió hacia la mujer y le dijo:

—No he venido a hablar a los gentiles. Estoy aquí por la casa de Israel, no por ti.

—¡Te lo ruego, maestro! —insistió la mujer—. ¡Mi hija está poseída por un demonio y no tengo a nadie más a quien recurrir! —Arrodillándose, dijo—: ¡Señor, ayúdame!

—¿Crees que debo tomar el pan destinado a los hijos para arrojarlo a los perros? —le preguntó Jesús.

Mas la mujer era inteligente y encontró una pronta respuesta.

—Hasta los perros pueden comer las migajas que caen de la mesa del amo.

Satisfecho con la contestación, Jesús dijo:

—Mujer, tu fe ha salvado a tu hija. Vete a casa y la encontrarás curada.

El discípulo relató este hecho y Cristo lo anotó.

La mujer del ungüento

Poco tiempo después, Jesús tuvo otro encuentro con una mujer y el discípulo también lo comunicó. Sucedió en Magdala, en una cena privada en casa de un fariseo llamado Simón. Una mujer de la ciudad se había enterado de que Jesús estaba allí y se presentó en la casa para regalarle un frasco de alabastro con ungüento. El anfitrión la dejó pasar. Arrodillándose ante Jesús, la mujer lloró sobre sus pies, bañándolos con sus lágrimas, los secó con sus cabellos y los cubrió con el preciado ungüento.

El anfitrión dijo en voz baja al discípulo que ejercía de informante de Cristo:

—Si vuestro maestro fuera realmente un profeta, sabría qué clase de mujer tiene delante. Es una conocida pecadora.

Jesús le oyó y dijo:

—Simón, acércate. Quiero hacerte una pregunta.

—Claro —dijo el fariseo.

—Imagina que a un hombre le deben dinero otros dos. Uno le debe quinientos denarios y el otro cincuenta. Imagina que no pueden pagar y que el hombre perdona la deuda a los dos. ¿Quién de ellos estará más agradecido?

—Supongo que el que debía quinientos denarios —respondió Simón.

—Exacto —dijo Jesús—. ¿Ves a esta mujer? ¿Ves lo que está haciendo? Cuando entré en tu casa no me ofreciste agua para los pies, en cambio ella los está lavando con sus lágrimas. No me recibiste con un beso, ella en cambio no ha dejado de besarme los pies desde que entró. No me diste aceite, ella en cambio ha vertido generosamente este preciado ungüento en mí. Hay una razón: esta mujer ha cometido grandes pecados, pero le han sido perdonados y por eso me ama tanto. Tú no has cometido muchos pecados, por lo que poco significa para ti saber que te han sido perdonados. Por consiguiente, me amas tanto menos.

Los demás comensales se quedaron atónitos. El discípulo memorizó las palabras y luego se las repitió fielmente a Cristo, que las anotó de principio a fin. En cuanto a la mujer, se convirtió en una de las discípulas más fieles de Jesús.

El extraño habla de verdad e historia

Cristo nunca sabía cuándo vendría a verle el extraño. La siguiente vez que lo hizo era noche cerrada y su voz habló quedamente desde el otro lado de la ventana.

—Cristo, ven y cuéntame qué ha estado sucediendo.

Cristo recogió sus pergaminos y salió de la casa con sumo sigilo. El extraño se lo llevó fuera de la ciudad, hasta la ladera oscura de un monte donde poder hablar sin ser oídos.

Cristo le contó todo lo que Jesús había hecho desde el sermón en la montaña mientras el extraño escuchaba atentamente.

—Has hecho un excelente trabajo —le dijo—. ¿Cómo te enteraste de lo sucedido en Tiro y Sidón? No estabas allí, si no me equivoco.

—He pedido a un discípulo de Jesús que me mantenga informado —dijo Cristo—. Sin que Jesús lo sepa, claro. Espero no haber cometido un error.

—Posees verdadero talento para esta tarea.

—Gracias, señor, aunque hay algo que me ayudaría a hacerla aún mejor. Si conociera el motivo de tus indagaciones, podría trabajar con más determinación. ¿Eres miembro del Sanedrín?

—¿Eso piensas? ¿Cuál crees que es la función del Sanedrín?

—Es la institución que decide sobre importantes asuntos legales y doctrinales. También se ocupa de los impuestos y los temas administrativos y… y esas cosas. No estoy insinuando, ni muchos menos, que sea mera burocracia, aunque esas cosas son, desde luego, muy necesarias en los asuntos humanos…

—¿Qué le contaste al discípulo que te hace de informante?

—Le conté que estaba escribiendo la historia del Reino de Dios y que él estaría ayudando en tan magnífica tarea.

—Excelente respuesta. Harías bien en aplicarla a tu pregunta. Al ayudarme, estás ayudando a escribir esa parte de la historia. Pero hay más, y no es algo que todo el mundo deba saber: escribiendo sobre lo que sucedió en el pasado ayudamos a moldear el futuro. Se acercan días oscuros, tiempos turbulentos; para poder abrir el camino que conduce al Reino de Dios, quienes sabemos debemos estar dispuestos a hacer de la historia la sierva de la posteridad y no su patrona. *Lo que hubiera debido ser* sirve mejor al Reino que *lo que fue*. Estoy seguro de que me entiendes.

—Sí —dijo Cristo—. Y si lees mis manuscritos…

—Los leeré con suma atención, y agradecido por tu valiente y desinteresada labor.

El extraño se guardó los manuscritos debajo de la capa y se dispuso a marcharse.

—Recuerda lo que te dije la primera vez que nos vimos. Existe el tiempo y lo que está fuera del tiempo. La historia pertenece al tiempo, pero la verdad pertenece a lo que está fuera del tiempo. Al escribir las cosas como hubieran debido ser estás dejando entrar la verdad en la historia. Tú eres la palabra de Dios.

—¿Cuándo volverás? —preguntó Cristo.

—Cuando se me necesite, y entonces hablaremos de tu hermano.

El extraño desapareció rápidamente en la oscuridad de la ladera. Cristo se quedó un buen rato sentado, a merced del frío viento, cavilando sobre lo que el extraño le había dicho. Las palabras «quienes sabemos» le parecían lo más emocionante que había oído en su vida. Y empezó a dudar de que su sospecha de que el extraño pertenecía al Sanedrín fuera acertada; no podía decirse que lo hubiese negado, pero parecía poseer unos conocimientos y un punto de vista muy diferentes de los abogados o rabinos a quienes Cristo había escuchado.

De hecho, ahora que lo pensaba, el extraño era muy diferente de las personas que Cristo había conocido en su vida. Las cosas que decía diferían tanto de lo que Cristo había leído en la Torá o escuchado en la sinagoga, que empezó a preguntarse si era siquiera judío. Hablaba perfectamente el arameo, pero era mucho más probable, dadas las circunstancias, que fuera un gentil, quizá un filósofo griego de Atenas o Alejandría.

Cristo regresó esa noche a su cama celebrando modestamente su presciencia; ¿acaso no había hablado a Jesús, en el desierto, de la necesidad de incluir a los gentiles en la gran organización que encarnaría el Reino de Dios?

¿Quién decís que soy?

En torno a esa época, el rey Herodes comenzó a oír rumores sobre el hombre que se paseaba por la provincia sanando a enfermos y profetizando. Lo invadía una gran inquietud, pues algunos decían que Juan el Bautista había resucitado de entre los muertos. Herodes sabía perfectamente que Juan estaba muerto; ¿no había ordenado él su ejecución y ofrecido a Salomé su cabeza en una bandeja? Pero habían empezado a correr otros rumores: que este nuevo predicador era el mismísimo Elías, que había regresado a Israel después de varios siglos de ausencia, o que era ese o aquel profeta que había vuelto para castigar a los judíos y predecir una catástrofe.

Herodes, naturalmente, estaba muy preocupado por todo eso, y dejó correr la voz de que le gustaría ver al predicador en persona. No vio cumplido su deseo de conocer a Jesús, pero Cristo anotó esta anécdota como una prueba de la fama que estaba adquiriendo su hermano.

A juzgar por lo que le contaba su informante, era evidente que a Jesús no le hacía gracia esta fama. En una ocasión, en la región de las Decápolis, curó a un sordo que tenía un defecto en el habla y ordenó a sus amigos que no hablaran de lo sucedido con nadie, pero estos fueron y se lo contaron a todos sus conocidos. En otra ocasión, en Betseda, tras devolverle la vista a un ciego, Jesús le dijo que se fuera directamente a casa, sin pasar por el pueblo, pero también ese acontecimiento acabó por saberse. Hubo otra ocasión en que Jesús estaba paseando en Cesarea de Filipo con sus discípulos y hablando de los muchos seguidores que estaba atrayendo.

—¿Quién dice la gente que soy? —preguntó Jesús.

—Algunos dicen que Elías —respondió un discípulo. Otro dijo:

—Creen que eres Juan el Bautista resucitado.

—Mencionan toda clase de nombres, sobre todo nombres de profetas —añadió un tercero—. Por ejemplo, Jeremías.

—Y vosotros, ¿quién decís que soy? —preguntó Jesús.

—El Mesías —respondió Pedro.

—¿Y realmente lo creéis? —dijo Jesús—. Pues será mejor que refrenéis vuestra lengua. No quiero oír esa clase de comentarios, ¿entendido?

Cuando Cristo se enteró, no supo muy bien cómo redactarlo para el extraño griego. Estaba desconcertado. Anotó las palabras del discípulo, pero al rato las borró y trató de formularlas de una manera que se ajustara más a lo que el extraño había dicho sobre la verdad y la historia; pero eso lo confundió aún más, y al final tuvo la sensación de que su ingenio había dejado de funcionarle.

Finalmente se tranquilizó y escribió lo que el discípulo le había contado, hasta el momento en que hablaba Pedro. Entonces se le encendió una luz y escribió algo nuevo. Consciente de la elevada opinión que Jesús tenía de Pedro, escribió que Jesús le había elogiado por haber visto algo que solo su Padre celestial podía haber revelado y, haciendo un juego de palabras con el nombre de Pedro, declaró que él sería la piedra sobre la que edificaría su iglesia. Tan firmes serían los cimientos de dicha iglesia que las puertas del infierno no prevalecerían sobre ella. Por último, Cristo escribió que Jesús había prometido a Pedro que le entregaría las llaves del cielo.

En cuanto hubo anotado esas palabras empezó a temblar. Se preguntó si no constituía una osadía poner en boca de Jesús la idea que él le había expuesto en el desierto sobre la necesidad de una organización que encarnara el Reino en la tierra. Jesús había rechazado esa idea. Cristo recordó entonces lo que el extraño le había dicho: que al escribir de ese modo permitía que la verdad que estaba fuera del tiempo penetrara en la historia y, de ese modo, convertía la historia en sierva de la posteridad y no en su patrona. Eso lo animó.

Fariseos y saduceos

Jesús seguía con su misión, hablando, predicando e ilustrando sus enseñanzas con parábolas, y Cristo anotaba gran parte de lo que decía, dejando que la verdad fuera del tiempo guiara su estilete siempre que podía. Había enseñanzas de Jesús, no obstante, que no podía omitir ni alterar debido al revuelo que causaban entre los discípulos y las gentes que acudían a escucharle. Todo el mundo sabía lo que había dicho y eran muchas las personas que comentaban sus palabras. Si las obviara, la gente lo notaría.

Muchas de esas enseñanzas guardaban relación con los niños y la familia, y algunas herían a Cristo en lo más hondo. Un día, camino de Cafarnaún, los discípulos se pusieron a discutir. Jesús podía oír sus elevadas voces, pero caminaba algo apartado y no alcanzaba a entender lo que decían.

Cuando entraron en la casa donde debían hospedarse, les preguntó:

—¿Sobre qué discutíais en el camino?

Avergonzados, los discípulos guardaron silencio. Finalmente, uno de ellos dijo:

—Discutíamos sobre quién de nosotros es el más importante, maestro.

—¿En serio? Acercaos.

Se colocaron delante de él. En la casa había un niño. Jesús lo cogió en brazos y lo mostró a los discípulos.

—Aquel que desee ser el primero —dijo— deberá ser el último de todos y sirviente de todos. Si no cambiáis y os convertís en niños, nunca entraréis en el Reino de los cielos. El que se vuelva humilde como este niño será el más importante en el cielo. Y el que recibe a un niño como este en mi nombre, me recibe a mí.

En una ocasión que Jesús se detuvo a descansar, la gente acudió con sus hijos pequeños para que los bendijera.

—¡Ahora no! —dijeron los discípulos—. ¡Marchaos! El maestro está descansando.

Al oír eso, Jesús se indignó.

—No habléis de ese modo a estas buenas gentes —dijo—. Dejad que los niños se acerquen a mí. ¿De quién creéis sino que es el Reino de Dios? A ellos les pertenece.

Los discípulos se hicieron a un lado y los padres llevaron a sus pequeños ante Jesús, que los bendijo, abrazó y besó.

Dirigiéndose tanto a sus discípulos como a los padres, dijo:

—Si no sois como niños, nunca entraréis en el Reino. Así pues, mucho cuidado. Aquel que impide a un niño acercarse a mí, deseará que le cuelguen una muela del cuello y le arrojen a las profundidades del mar.

Cristo anotó esas palabras, admirando el poder de las imágenes pero lamentando la idea que respaldaban, pues si era cierto que solo los niños podían entrar en el Reino, ¿qué valor tenían entonces cualidades adultas como la responsabilidad, la reflexión y la prudencia? Seguro que el Reino también necesitaría esas cosas.

En otra ocasión, unos fariseos quisieron poner a prueba a Jesús preguntándole sobre el divorcio. Jesús ya había hablado de ese tema en el sermón de la montaña, pero los fariseos creyeron ver una contradicción en sus palabras.

—¿Es lícito el divorcio? —preguntaron.

—¿No habéis leído las escrituras? —fue la respuesta de Jesús—. ¿Acaso no recordáis que el Señor nuestro Dios hizo a Adán y a Eva hombre y mujer y declaró que el hombre debe dejar a su padre y a su madre, unirse a su mujer y ser con ella una sola carne? ¿Lo habíais olvidado? Nadie, por tanto, debe separar lo que Dios ha unido.

—En ese caso —dijeron—, ¿por qué hizo Moisés su especificación sobre el certificado de divorcio? Si Dios prohibiera el divorcio, no la habría hecho.

—Dios tolera el divorcio ahora, pero ¿lo instituyó en el Paraíso? ¿Era necesario entonces? No. El hombre y la mujer fueron creados para vivir en perfecta armonía. Fue la llegada del pecado lo que hizo necesario el divorcio. Y cuando llegue el Reino, que llegará, y los hombres y las mujeres vuelvan a vivir en perfecta armonía, el divorcio no será necesario.

Los saduceos también quisieron poner a prueba a Jesús con un problema relacionado con el matrimonio. Los saduceos no creían en la resurrección ni en la vida después de la muerte, y pensaron que podían ganarle la batalla a Jesús planteándole una pregunta sobre ese tema.

—Si un hombre muere sin haber tenido hijos —dijeron—, la tradición dicta que su hermano se case con la viuda y engendre hijos con ella. ¿No es así?

—Esa es la tradición —dijo Jesús.

—Ahora supongamos que hay siete hermanos. El primero contrae matrimonio y fallece sin descendencia. La viuda se casa entonces con el segundo hermano y la historia se repite: el marido muere sin descendencia y la viuda se casa con el tercer hermano, y así hasta llegar al séptimo. Luego la mujer fallece. Por consiguiente, cuando los muertos resuciten, ¿de qué hermano será esposa? Porque se ha casado con los siete.

—Estáis equivocados —dijo Jesús—. No conocéis las escrituras y tampoco el poder de Dios. Cuando los muertos resuciten, no se casarán ni serán entregados en matrimonio. Vivirán como los ángeles. En cuanto a la resurrección de los muertos, olvidáis lo que Dios dijo a Moisés cuando le habló desde el arbusto en llamas. Dijo: «Yo soy el Dios de Abraham, el Dios de Isaac y el Dios de Jacob». ¿Habría hablado en presente si no estuvieran vivos? Él no es el Dios de los muertos, es el Dios de los vivos.

Desconcertados, los saduceos tuvieron que batirse en retirada.

Jesús y la familia

Aunque Jesús defendía el matrimonio y los niños, poco tenía que decir en favor de la familia o la prosperidad acomodada. En una ocasión dijo a una multitud que deseaba seguirle:

–Si no odiáis a vuestro padre y a vuestra madre, a vuestros hermanos y hermanas, a vuestra esposa y a vuestros hijos, nunca llegaréis a ser mis discípulos.

Cristo recordaba las palabras de Jesús cuando le dijeron que su madre y sus hermanos habían ido a verle. Jesús los despidió, asegurando que no tenía más familia que quienes cumplían la voluntad de Dios. A Cristo le preocupaba que su hermano hablara de odiar a la familia y habría preferido no anotar esas palabras, pero eran demasiadas las personas que habían oído a Jesús pronunciarlas.

Un día Cristo oyó a Jesús contar una historia que lo inquietó aún más.

–Un hombre tenía dos hijos, uno bueno y tranquilo y otro rebelde e indisciplinado. El rebelde le dijo: «Padre, puesto que un día dividirás tus bienes entre mi hermano y yo, dame ahora la parte que me corresponde». El padre se la dio y el hijo rebelde se marchó a otra provincia y se gastó todo el dinero en bebida, en apuestas y en llevar una vida disoluta.

»Entonces el hambre llegó a la provincia donde vivía, y el hijo rebelde se encontró en una situación tan precaria que se puso a trabajar de porquerizo. Tenía tanta hambre que de buena gana se habría comido las cáscaras que comían los cerdos. Desesperado, pensó en su casa y se dijo: "En mi casa están los jornaleros de mi padre y hasta el último tiene toda la comida que pueda desear; yo, en cambio, me muero de hambre. Volveré a casa, me sinceraré con mi padre, suplicaré su perdón y le pediré que me acepte como jornalero".

»De modo que se puso en marcha, y cuando su padre se enteró de que volvía a casa, sintió una profunda compasión por él y corrió a su encuentro fuera de la ciudad, le abrazó y le besó. El hijo dijo: "Padre, he pecado contra el cielo y contra ti. No soy digno de ser llamado hijo tuyo. Deja que trabaje para ti como un jornalero más".

»El padre dijo entonces a los sirvientes: "Traed la mejor túnica y unas sandalias para los pies de mi hijo, ¡deprisa! Y preparad un banquete con los mejores manjares, porque mi hijo estaba muerto y ha vuelto a la vida; estaba perdido y ha sido encontrado".

»Pero el otro hijo, el tranquilo, el bueno, oyó la preparación del festín y, al ver lo que estaba pasando, dijo a su padre: "Padre, ¿por qué preparas un festín para mi hermano? Yo nunca he abandonado esta casa, nunca he desobedecido tus órdenes, y sin embargo nunca has preparado un festín en mi honor. Mi hermano, en cambio, se marchó sin pensar en nosotros, se gastó todo su dinero, jamás piensa en su familia ni en nadie".

»Y el padre dijo: "Hijo, tú siempre estás en casa. Todo

lo que tengo es tuyo. Pero cuando alguien vuelve a casa después de una larga ausencia, es justo celebrarlo con un festín. Y tu hermano estaba muerto, y ha vuelto a la vida, estaba perdido y ha sido encontrado".

Cuando Cristo oyó ese relato se sintió como si lo hubieran dejado desnudo ante la multitud. Ignoraba que su hermano hubiera reparado en él, pero probablemente así había sido para poder avergonzarlo de forma tan sutil. Cristo confió en que nadie lo hubiera notado y decidió actuar en el futuro con mayor discreción aún.

Historias difíciles

Poco tiempo después, Jesús contó otra historia que Cristo calificó de injusta, y no fue el único. Muchas personas no alcanzaron a comprenderla, y después la comentaron entre ellas. Alguien había preguntado a Jesús cómo era el Reino de los cielos, y Jesús respondió:

—Es como un hacendado que partió temprano por la mañana a fin de contratar jornaleros para sus viñas. Tras acordar con ellos la paga por una jornada, los hombres se pusieron a trabajar. Dos horas más tarde, al pasar por el mercado, el hacendado vio a un grupo de trabajadores ociosos y les dijo: «¿Queréis trabajar? Id a mis viñas y os pagaré lo que sea justo». Los hombres partieron y el hacendado siguió su camino. A mediodía pasó de nuevo por el mercado, y otra vez por la tarde, y en cada ocasión vio a un grupo de obreros sin nada que hacer y les dijo lo mismo.

»A las cinco pasó por el mercado una última vez, vio a otro grupo y dijo:

»—¿Por qué habéis permanecido ociosos todo el día?

»—Nadie nos ha contratado —respondieron, y los contrató con las mismas condiciones.

»Al final del día dijo a su administrador:

»—Llama a los hombres para que vengan a cobrar,

empezando por el último y retrocediendo hasta el primero.

»Cuando los hombres de las cinco llegaron, entregó a cada uno la paga de un día completo de trabajo, e hizo lo mismo con los demás. Molestos, los jornaleros contratados por la mañana dijeron:

»—¿Das a estos hombres, que solo han trabajado una hora, lo mismo que a nosotros, que hemos trabajado todo el día bajo un sol abrasador?

»El hacendado respondió:

»—Amigo mío, aceptaste la paga de un día por el trabajo de un día, y eso es exactamente lo que has recibido. Toma lo ganado y vete. ¿Acaso no tengo derecho a hacer lo que yo decida con lo que es mío? Que yo elija ser bondadoso, ¿es razón para volverte tú malicioso?

Jesús contó otro relato más incomprensible aún para quienes lo escucharon, pero Cristo lo anotó con la esperanza de que el extraño pudiera aclarárselo.

—Un rico hacendado que tenía un administrador empezó a recibir quejas sobre la manera en que este cuidaba de su negocio. Llamó al administrador y le dijo: «He oído cosas sobre ti que no me gustan. Voy a despedirte, pero primero quiero una lista completa de todo lo que se me debe».

»Y el administrador pensó: "¿Qué voy a hacer ahora? No poseo fuerza suficiente para el trabajo manual y me da vergüenza mendigar…". Así pues, concibió un plan para asegurarse de que otras personas cuidaran de él cuando dejara de trabajar.

»Uno a uno, llamó a los deudores de su patrono. Preguntó al primero:

»—¿Cuánto debes a mi patrono?

»Y el hombre respondió:

»—Cien tinajas de aceite.

»—Deprisa, siéntate —dijo el administrador—, coge tu recibo y escribe cincuenta.

»Al siguiente le dijo:

»—¿Cuánto debes?

»—Cien fanegas de trigo.

»—Aquí tienes tu recibo. Tacha el cien y escribe en su lugar ochenta.

»Y lo mismo hizo con el resto de deudores. ¿Qué dijo el patrón cuando se enteró? Por mucho que penséis, seguro que os equivocáis. El patrón elogió al deshonesto administrador por su astucia.

Lo que Jesús parecía estar diciendo con esos relatos, pensó Cristo, era horrible: que el amor de Dios era arbitrario e inmerecido, casi una lotería. Probablemente la amistad de Jesús con recaudadores de impuestos, prostitutas y demás seres indeseables guardara relación con esta actitud radical; parecía sentir verdadero desprecio por los comportamientos considerados virtuosos. En una ocasión narró la historia de dos hombres, un fariseo y un recaudador de impuestos, que fueron al templo a rezar. El fariseo, mirando al cielo, dijo:

—Dios, te doy gracias por no ser como otros hombres, un ladrón, un adúltero, un estafador, o como ese recaudador de impuestos de allí. Ayuno dos veces por semana y dono una décima parte de mis ingresos.

El recaudador de impuestos, en cambio, no se atrevía a mirar al cielo; mantenía la mirada gacha y se golpeaba el pecho, diciendo:

–Dios, te lo ruego, apiádate de este pecador.

Este y no el otro, dijo Jesús a quienes lo escuchaban, era el hombre que entraría en el Reino.

Se trataba, sin duda, de un mensaje popular; al pueblo llano le encantaba escuchar historias de hombres y mujeres como ellos que triunfaban inmerecidamente. Pero a Cristo le inquietaban tales historias, y estaba deseando preguntar al extraño sobre ellas.

El extraño se transforma; se avecina una crisis

No tardó en tener su oportunidad. Una noche que paseaba junto al mar de Galilea, creyéndose solo, se encontró a su lado al extraño.

Sorprendido, exclamó:

—¡Señor, no te había visto! Te pido perdón por no haberte saludado. ¿Llevas mucho tiempo caminando a mi lado? Estaba absorto en mis pensamientos.

—Siempre estoy cerca de ti —dijo el extraño, y echaron a andar.

—El último día que nos vimos —dijo Cristo— dijiste que la próxima vez hablaríamos de mi hermano.

—Y así será. ¿Qué futuro crees que le espera?

—¿Futuro? No lo sé, señor. Está suscitando mucha animosidad. Me preocupa que, si no es prudente, pueda correr la misma suerte que Juan el Bautista o provoque a los romanos, como están haciendo los zelotes.

—¿Es prudente?

—No. A mí me parece un necio. Ahora bien, si para él el Reino de Dios está tan cerca, poco importa ser cauto y prudente.

—¿Para *él*, dices? ¿Me estás diciendo que no crees que esté en lo cierto? ¿Qué es solo una suposición y que podría estar equivocado?

—No exactamente —dijo Cristo—. Creo que entre él y yo hay una diferencia de énfasis. Yo creo, desde luego, que el Reino llegará. Pero él cree que llegará sin previo aviso porque Dios es impulsivo y arbitrario.

Contó al extraño las parábolas que lo inquietaban.

—Entiendo —dijo el extraño—. ¿Y tú? ¿Qué piensas tú de Dios?

—Pienso que es justo. La virtud ha de influir a la hora de ser recompensados o castigados. De lo contrario, ¿qué sentido tendría ser virtuoso? Lo que la ley y los profetas dicen, lo que el propio Jesús dice, carecería de sentido. No sería coherente.

—Comprendo tu inquietud.

Caminaron un rato en silencio.

—Y está el asunto de los gentiles —dijo Cristo.

Lo dejó ahí, esperando ver la reacción de su compañero. Si, como creía, el hombre era griego, seguro que mostraba interés.

Pero el extraño se limitó a decir:

—Continúa.

—El caso es que Jesús solo predica a los judíos —dijo Cristo—. Por ejemplo, ha dicho claramente que los gentiles son perros. Aparecía en los pergaminos que te entregué el último día.

—Lo recuerdo. ¿Y tú no estás de acuerdo?

Cristo era consciente de que si el extraño había venido para inducirlo a precipitarse en sus palabras, esta sería la forma en que lo haría: con preguntas sutiles.

—Como ya he dicho, señor —contestó con cautela—, creo que es una cuestión de énfasis. Sé que los judíos son el pueblo amado por Dios, así lo dicen las escrituras. Pero no hay duda de que Dios creó también a los gentiles, y que entre ellos hay hombres y mujeres buenos. Independientemente de la forma que adquiera el Reino, seguro que habrá una nueva dispensa, y no me sorprendería, dada la infinita misericordia y justicia de Dios, que su amor se extendiera a los gentiles... Pero tales misterios son profundos y quizá esté equivocado. Desearía, señor, que me contaras cuál es la verdad. Dijiste que está fuera del tiempo, pero mi saber es limitado y mis ojos están empañados.

—Ven conmigo —dijo el extraño.

Condujo a Cristo ladera arriba, hasta un lugar donde el sol crepuscular lo iluminaba todo. El extraño vestía ropajes de un blanco cegador.

—Te he preguntado por tu hermano —dijo el extraño— porque es evidente que se avecina una crisis y por su causa tú y Jesús seréis recordados en el futuro como Moisés y Elías son recordados ahora. Debemos asegurarnos, tú y yo, de que las crónicas de estos días otorguen la debida importancia a la naturaleza milagrosa de los acontecimientos que se están produciendo en el mundo. Por ejemplo, la voz procedente de la nube que oíste cuando tu hermano era bautizado.

—Recuerdo que mi madre te habló de ello... ¿Sabías, no obstante, que cuando se lo conté a Jesús le dije que la voz habló de él?

—Precisamente por eso eres el cronista idóneo para dejar constancia de tales hechos, mi querido Cristo, y por lo que tu nombre brillará con igual esplendor. Sabes cómo presentar un relato para que su auténtico significado brille con fuerza. Y cuando recopiles la historia de lo que el mundo está viviendo ahora, añadirás a los hechos externos y visibles su trascendencia interna y espiritual; por ejemplo, cuando restes importancia al relato de cómo Dios resta importancia al tiempo, serás capaz de hacer que Jesús anuncie a sus discípulos, como ocurrió en la verdad, los acontecimientos que están por venir de los que él, en la historia, no era consciente.

—Desde que me hablaste de la diferencia entre la verdad y la historia, siempre he intentado dejar que la verdad arroje luz sobre la historia.

—Y Jesús es la historia y tú eres la verdad —dijo el extraño—. Pero del mismo modo que la verdad sabe más que la historia, tú tendrás que ser más sabio que él. Tendrás que salirte del tiempo y ver la necesidad de cosas que los que están dentro del tiempo encuentran inquietantes o repugnantes. Tendrás que ver, mi querido Cristo, con los ojos de Dios y los ángeles. Verás las sombras y la oscuridad sin las cuales la luz no iluminaría. Necesitarás coraje y determinación; necesitarás toda tu fortaleza. ¿Estás listo para esa visión?

—Lo estoy, señor.

—En ese caso, volveremos a hablar muy pronto. Ahora cierra los ojos y duerme.

Y Cristo, presa de un cansancio abrumador, se tendió allí mismo, en el suelo. Cuando despertó, había anochecido y sintió que había tenido el sueño más extraño de su vida. Un sueño que, no obstante, había resuelto un misterio, porque ahora sabía que el extraño no era un maestro corriente, ni un miembro del Sanedrín, ni un filósofo griego: no era un ser humano. Solo podía ser un ángel.

Y retuvo la visión del ángel, de sus deslumbrantes ropajes blancos, y decidió dejar que la verdad de esa visión penetrara en la historia de su hermano.

Jesús debate con un legista; el buen samaritano

Cristo permanecía la mayor parte del tiempo alejado de Jesús, pues podía contar con las palabras de su informante. Sabía que su espía era digno de confianza porque a veces verificaba sus informes preguntando a otros qué había dicho Jesús aquí o hecho allá, y los encontraba siempre sumamente precisos.

Así y todo, cuando se enteraba de que Jesús iba a predicar en esta o aquella ciudad, en ocasiones acudía a escucharle personalmente, siempre desde el fondo de la concurrencia para pasar desapercibido. En una de esas ocasiones, oyó a un legista interrogar a Jesús. Los hombres de la ley se medían a menudo con él, pero Jesús salía airoso las más de las veces, aunque fuese, en opinión de Cristo, empleando métodos poco ortodoxos. Cuando contaba un relato, introducía elementos extralegales: persuadir a la gente manipulando sus emociones era muy útil a la hora de agenciarse un punto en el debate, pero dejaba la cuestión legal sin resolver.

Esta vez el legista le dijo:

—Maestro, ¿qué debo hacer para heredar la vida eterna?

Cristo escuchó atentamente la respuesta de Jesús.

—¿No eres legista? Dime entonces qué dice la ley.

—Amarás a Dios, tu Señor, con todo tu corazón, con toda tu alma, con todas tus fuerzas y con toda tu mente. Y amarás a tu prójimo como a ti mismo.

—Justamente —dijo Jesús—. Conoces bien la ley. Haz como dice y vivirás.

El hombre, después de todo, era legista y quería demostrar que tenía una respuesta para todo, así que dijo:

—Pero dime una cosa: ¿quién es mi prójimo?

Y Jesús relató la siguiente historia:

—Érase un hombre, judío como tú, que iba de Jerusalén a Jericó. Por el camino fue asaltado por una banda de ladrones que le quitaron todo lo que tenía, lo apalearon y lo dejaron junto al camino medio muerto.

»Aunque peligroso, se trata de un camino concurrido, y al rato pasó por él un sacerdote. Al ver al hombre cubierto de sangre tirado en el suelo, decidió mirar hacia otro lado y seguir su viaje. Más tarde se acercó un levita, y también él decidió no implicarse; pasó de largo todo lo deprisa que pudo.

»El siguiente en pasar por allí fue un samaritano. Al ver al hombre herido se detuvo para ayudarle. Vertió vino en las heridas para desinfectarlas y aceite para calmarlas. Hecho esto, cargó al hombre sobre su asno y lo llevó a una posada. Entregó dinero al posadero para que lo atendiera y dijo: "Si necesitas gastar más de lo que te he dado, anótalo y te lo devolveré la próxima vez que pase por aquí".

»Así pues, aquí tienes una pregunta como respuesta

a tu pregunta: ¿cuál de esos tres hombres, el sacerdote, el levita y el samaritano, fue un prójimo para el hombre que fue asaltado en el camino a Jericó?

El legista solo pudo responder:

—El hombre que le ayudó.

—Es cuanto necesitas saber —dijo Jesús—. Ve y haz tú lo mismo.

Cristo sabía, mientras escribía, que, por injusto que fuera, la gente recordaría ese relato mucho más tiempo que una definición legal.

María y Marta

Un día, Jesús y algunos de sus discípulos fueron invitados a comer por dos hermanas llamadas María y Marta. El informante explicó a Cristo lo que sucedió esa noche. María estaba sentada entre los comensales, oyendo hablar a Jesús, mientras Marta preparaba el ágape.

En un momento dado Marta entró para reprender a María.

—¡Has dejado quemar el pan! ¡Mira! Te pedí que lo vigilaras y lo has olvidado por completo. ¿Cómo esperas que haga tres o cuatro cosas a la vez?

María replicó:

—El pan no es tan importante como esto. Estoy escuchando las palabras del maestro. Solo ha venido por esta noche, en cambio el pan siempre está ahí.

—Maestro, ¿qué opinas? —dijo Marta—. ¿No debería ayudarme si así se lo he pedido? Esta noche somos muchos. No puedo hacerlo todo yo sola.

Jesús dijo:

—María, podrás escuchar de nuevo mis palabras porque aquí hay personas que las recordarán. Pero si quemas el pan, nadie podrá comerlo. Ve y ayuda a tu hermana.

Cuando Cristo escuchó ese relato, supo que era otro de esos discursos de Jesús que serían mejor como verdad que como historia.

Cristo y la prostituta

La pocas ocasiones en que Cristo se acercaba a Jesús, procuraba evitar el contacto con él, pero a veces alguien le preguntaba quién era, qué hacía allí, si era discípulo de Jesús, etcétera. Lograba salir airoso de tales interrogatorios adoptando una actitud cortés y discreta. En realidad llamaba poco la atención y apenas hablaba con nadie, pero, siendo hombre, a veces echaba en falta un poco de compañía.

En una ocasión, en una ciudad que Jesús visitaba por primera vez y donde sus discípulos eran poco conocidos, Cristo entabló conversación con una mujer. Era una de esas prostitutas bien recibidas por Jesús, pero la mujer no había ido a cenar con ellos. Cuando vio solo a Cristo, dijo:

—¿Te gustaría venir a mi casa?

Sabiendo la clase de mujer que era, y tras comprobar que nadie los veía, Cristo aceptó la invitación.

La siguió hasta el interior de su casa y aguardó a que ella entrara en la habitación trasera para asegurarse de que sus hijos dormían.

Cuando la mujer levantó el quinqué y le miró, exclamó sobresaltada:

—¡Perdóname, maestro! La calle estaba oscura y no pude verte la cara.

—No soy Jesús —repuso Cristo—. Soy su hermano.

—Te pareces mucho a él. ¿Has venido a comerciar conmigo?

Cristo no fue capaz de responder, pero la mujer comprendió y le invitó a yacer en la cama con ella. El asunto terminó deprisa, y después Cristo sintió la necesidad de explicar por qué había aceptado su invitación.

—Mi hermano sostiene que los pecadores serán perdonados más fácilmente que los rectos —dijo—. Yo no he pecado mucho, puede que no haya pecado lo suficiente para obtener el perdón de Dios.

—Entonces, ¿viniste a mí no porque te tenté, sino por devoción? Si todos los hombres fueran como tú, no ganaría mucho.

—Naturalmente que me tentaste, de lo contrario no habría sido capaz de yacer contigo.

—¿Se lo contarás a tu hermano?

—No hablo mucho con él. Nunca me escucha.

—Pareces resentido.

—No estoy resentido. Amo a mi hermano. Tiene una gran misión entre manos y desearía poder ayudarle más de lo que lo hago. Si estoy alicaído tal vez se deba a que me doy cuenta de que no puedo ser como él.

—¿Quieres ser como él?

—Más que nada en el mundo. Él actúa con pasión y yo actúo con una mente calculadora. Tengo una visión más amplia, puedo ver las consecuencias de las cosas que él hace sin pensarlas dos veces. Pero él actúa con todo su ser en cada momento, y yo siempre me estoy conteniendo, ya sea por cautela, por prudencia, o porque quiero observar y anotar en lugar de participar.

—Si abandonaras esa cautela podrías dejarte llevar por la pasión, como hace él.

—No —repuso Cristo—. Hay quienes viven de acuerdo con las normas, aferrándose a su rectitud, porque temen ser arrastrados por un torbellino de pasión, y hay quienes se aferran a las normas porque temen que en ellos no haya pasión alguna y que si se dejan llevar, se queden simplemente donde están, ridículos e impasibles, lo cual sería aún más difícil de soportar. Llevar una vida de férreo control les permite hacer como que solo mediante un enorme esfuerzo de voluntad son capaces de mantener las grandes pasiones a raya. Yo estoy entre los segundos. Lo sé, y no puedo hacer nada al respecto.

—Ser consciente ya es algo.

—Si mi hermano quisiera hablar de ello, lo convertiría en un relato inolvidable. Yo solo puedo describirlo.

—Describirlo ya es algo.

—Sí, es algo, pero no mucho.

—Entonces, ¿envidias a tu hermano?

—Le admiro, le amo, anhelo su aprobación, pero a él su familia le trae sin cuidado. Lo ha dicho muchas veces. Si yo desapareciera ni siquiera lo notaría, si me muriera no le importaría. Yo pienso en él constantemente, mientras que él no piensa en mí en absoluto. Le amo, y mi amor me atormenta. Hay veces que me siento como un fantasma a su lado, como si solo él fuera real y yo tan solo una ilusión. Pero ¿le envidio? ¿Envidio el amor y la admiración que la gente le profesa? No. Creo sinceramente que se merece eso y más. Quiero servirle… No, en realidad le estoy sirviendo, solo que de formas de las que él nunca será consciente.

—¿También era así de niños?

—De niños él se metía en problemas y yo lo sacaba de ellos, o lo defendía, o desviaba la atención de los adultos con algún ardid o alguna observación aguda. Él nunca me lo agradecía, daba por sentado que yo le rescataría. Y a mí no me importaba. Me gustaba servirle. Me gusta servirle.

—Si te parecieras a él no podrías servirle tan bien.

—Podría servir mejor a otras personas.

La mujer dijo entonces:

—Señor, ¿soy una pecadora?

—Sí, pero mi hermano te diría que tus pecados te son perdonados.

—¿Y qué dices tú?

—Yo creo que es cierto.

—Entonces, señor, ¿te importaría hacer algo por mí?

La mujer se abrió la túnica y le enseñó el pecho. Estaba invadido por un cáncer ulcerante.

—Si crees que mis pecados me son perdonados —dijo—, cúrame, por favor.

Cristo desvió los ojos. Luego miró de nuevo a la mujer y dijo:

—Tus pecados te son perdonados.

—¿También yo debo creerlo?

—Sí. Yo debo creerlo y tú debes creerlo.

—Repítelo.

—Tus pecados te son perdonados. De verdad.

—¿Cómo lo sabré?

—Has de tener fe.

—Si tengo fe, ¿me curaré?

—Sí.

—Yo tendré fe si tú la tienes, señor.

—La tengo.

—Dilo una vez más.

—Ya lo he dicho… Está bien: tus pecados te son perdonados.

—Y sin embargo no estoy curada.

La mujer se cerró la túnica.

Cristo dijo:

—Y yo no soy mi hermano. ¿Acaso no te lo he dicho? ¿Por qué me has pedido que te cure si sabías que no era Jesús? ¿He dicho en algún momento que pudiera curarte? He dicho «Tus pecados te son perdonados». Si, después de oír eso, te falta fe, la culpa es tuya.

La mujer se volvió hacia la pared y se echó la túnica sobre la cabeza.

Cristo se marchó, avergonzado. Salió de la ciudad, subió a un lugar tranquilo entre las rocas y suplicó que sus pecados le fueran perdonados. Lloró un poco. Tenía miedo de que el ángel le visitara, por lo que permaneció oculto toda la noche.

Las muchachas prudentes y las muchachas necias

La Pascua estaba cerca y eso instaba a la gente que escuchaba a Jesús a preguntar otra vez sobre el Reino: ¿Cuándo llegará? ¿Cómo lo sabremos? ¿Qué debemos hacer para prepararnos?

—Será como esto –les dijo–. En una boda, diez muchachas cogieron sus lámparas y salieron a recibir al novio e invitarle a pasar al banquete. Cinco de ellas se limitaron a coger sus lámparas, sin aceite de repuesto, mientras que las otras cinco, más precavidas, se llevaron algunos frascos de aceite.

»El novio no llegaba y el tiempo seguía pasando, y a las muchachas les empezó a entrar sueño y cerraron los ojos.

»A medianoche alguien gritó: "¡Ya llega! ¡El novio ya está aquí!".

»Las muchachas despertaron de golpe y procedieron a arreglar sus lámparas. Podéis imaginar lo que ocurrió: las necias descubrieron que se les había terminado el aceite.

»"¡Dadnos de vuestro aceite!", dijeron a las otras. "¡Mirad, nuestras lámparas se apagan!".

»Dos de las muchachas precavidas compartieron su aceite con dos de las necias, y las cuatro fueron admitidas en el banquete. Dos de las prudentes se negaron a compartir su aceite y el novio les cerró la puerta junto con dos de las necias.

»Entonces, la última muchacha prudente dijo: "Señor, hemos venido a celebrar tu boda, cada una de nosotras. Si no nos dejas entrar, prefiero quedarme fuera con mis hermanas, incluso después de que se me acabe el aceite".

»Y por ella el novio abrió las puertas y admitió a todas las muchachas en el banquete. Ahora bien, ¿dónde estaba el Reino de los cielos? ¿En la casa del novio? ¿Eso creéis? No, estaba fuera, en la oscuridad, con la muchacha prudente y sus hermanas, incluso después de que se le hubiera acabado el aceite.

Cristo anotó cada una de las palabras y decidió que mejoraría la historia después.

El extraño habla de Abraham e Isaac

La siguiente vez que el ángel se le apareció Cristo se encontraba en Jericó. Estaba siguiendo a Jesús y sus discípulos, que se dirigían a Jerusalén para la Pascua. Jesús se alojó en casa de uno de sus seguidores y Cristo tomó una habitación en una posada cercana. A medianoche salió para utilizar el retrete. Cuando se dio la vuelta para regresar a su cuarto, notó una mano en el hombro y enseguida supo que era el extraño.

—Ahora las cosas están sucediendo muy deprisa —dijo el extraño—. Debemos hablar sobre algo importante. Llévame a tu habitación.

Una vez dentro, Cristo encendió el quinqué y reunió los pergaminos que había escrito.

—Señor, ¿qué haces con los pergaminos? —preguntó.

—Los llevo a un lugar seguro.

—¿Podré volver a verlos? Quizá necesite hacer algunas correcciones, a la luz de lo que he aprendido en este tiempo sobre la verdad y la historia.

—No temas, tendrás la oportunidad de hacerlo. Ahora háblame de tu hermano. ¿Cómo tiene al ánimo ahora que se acerca a Jerusalén?

—Parece tranquilo y confiado, señor. En eso no ha cambiado.

—¿Habla de lo que espera que suceda allí?

—Solo que el Reino vendrá muy pronto. Tal vez llegue mientras él se halla en el templo.

—¿Y los discípulos? ¿Cómo está tu informante? ¿Sigue teniendo una relación estrecha con Jesús?

—Yo diría que se halla en la mejor posición. No es el más cercano ni el más favorecido. Pedro, Jacobo y Juan son los hombres a los que Jesús se confía más, pero mi informante ocupa una sólida posición entre los discípulos de medio rango. Sus informes son exhaustivos y fidedignos. Los he cotejado.

—Debemos pensar en recompensarle, pero ahora quiero hablar contigo de un asunto complejo.

—Soy todo oídos, señor.

—Los dos sabemos que para que el Reino florezca, hace falta un cuerpo de hombres y mujeres, tanto judíos como gentiles, fieles seguidores guiados por hombres de autoridad y sapiencia. Y esta iglesia, podemos llamarla iglesia, necesitará hombres de gran inteligencia y capacidad organizativa para concebir y desarrollar la estructura del cuerpo y formular las doctrinas que lo aglutinarán. Tales hombres existen, y están listos. A la iglesia no le faltará organización y doctrina.

»No obstante, mi querido Cristo, seguro que recuerdas la historia de Abraham e Isaac. Dios impone a su pueblo pruebas severas. ¿Cuántos hombres estarían dispuestos hoy día a actuar como Abraham, a sacrificar a un hijo porque el Señor se lo ha pedido? ¿Cuántos estarían dispuestos, como Isaac, a obedecer a su padre y dejarse atar las manos, tumbarse en el altar y aguardar pacíficamente el cuchillo con la serena confianza de estar haciendo lo correcto?

—Yo lo haría —respondió enseguida Cristo—. Si es lo que Dios quiere, lo haría. Si es por el bien del Reino, lo haría. Si es por el bien de mi hermano, lo haría.

Cristo hablaba con entusiasmo, pues sabía que eso le daría la oportunidad de expiar su incapacidad para curar a la mujer del cáncer. Si a alguien le había faltado fe era a él, no a la mujer; le había hablado severamente y todavía se avergonzaba de ello.

—Eres devoto de tu hermano —dijo el extraño.

—Sí. Todo lo que hago lo hago por él, aunque él no lo sepa. He estado moldeando la historia para magnificar su nombre.

—No olvides lo que te dije la primera vez que hablamos: tu nombre brillará tanto como el suyo.

—No pienso en eso.

—No, pero quizá te reconforte saber que otros sí piensan en ello y están trabajando para asegurarse de que así sea.

—¿Otros? ¿Hay otros aparte de ti, señor?

—Una legión. Y así será, no temas por eso. Pero, antes de irme, deja que te pregunte de nuevo: ¿entiendes que quizá sea necesario que un hombre muera para que muchos otros puedan vivir?

—No, no lo entiendo pero lo acepto. Si es la voluntad de Dios, lo acepto aunque me sea imposible entenderlo. El relato no explica si Abraham e Isaac entendían lo que debían hacer, pero no dudaron en hacerlo.

—Recuerda tus palabras —dijo el ángel—. Hablaremos de nuevo en Jerusalén.

Besó a Cristo en la frente antes de marcharse con los pergaminos.

Jesús entra en Jerusalén sobre un borrico

Al día siguiente, Jesús y sus discípulos continuaron viaje hacia Jerusalén. Había corrido la noticia de la llegada de Jesús y a lo largo del trayecto mucha gente salía a darle la bienvenida, tal era ya su fama. Como es lógico, los sacerdotes y los escribas llevaban tiempo siguiéndole la pista y no sabían cómo responder. Se hallaban ante un difícil dilema: ¿debían respaldar a Jesús y confiar en participar de su popularidad pese a desconocer sus planes? ¿O debían condenarle y correr el riesgo de ofender a la numerosa multitud que le apoyaba?

Decidieron vigilarle de cerca y ponerle a prueba cada vez que se les presentara la oportunidad.

Jesús y sus discípulos habían llegado a Betfagé, una aldea próxima a un lugar llamado Monte de los Olivos, cuando les ordenó parar para descansar. Envió a dos discípulos a buscar un animal sobre el que viajar, pues se sentía cansado. Solo encontraron un borrico, y cuando el dueño oyó para quién era, se negó a recibir pago alguno.

Los discípulos extendieron sus capas sobre el borrico y Jesús entró en Jerusalén a lomos del animal. Las calles estaban abarrotadas de curiosos y de gente ansiosa por darle la bienvenida. Cristo se encontraba en medio del gentío, observándolo todo, y advirtió que una o dos personas habían cortado palmas para enarbolarlas. Ya estaba componiendo la narración de la escena en su mente. Pese al clamor, Jesús mantenía la calma y escuchaba todas las preguntas que la gente le hacía sin responder ninguna:

—¿Piensas predicar aquí, maestro?

—¿Piensas sanar?

—¿Qué vas a hacer, Señor?

—¿Irás al templo?

—¿Has venido para hablar a los sacerdotes?

—¿Vas a enfrentarte a los romanos?

—Maestro, ¿puedes curar a mi hijo?

Los discípulos le despejaron el camino hasta la casa donde Jesús debía alojarse y finalmente la multitud se dispersó.

Los sacerdotes ponen a prueba a Jesús

Los sacerdotes, sin embargo, estaban decididos a ponerle a prueba, y la oportunidad no tardó en presentarse. Lo intentaron tres veces, y las tres veces Jesús los dejó sin respuesta.

La primera prueba tuvo lugar cuando le dijeron:

—Predicas, sanas y ahuyentas los malos espíritus. ¿Con qué autoridad, si puede saberse? ¿Quién te dio permiso para ir por ahí excitando de ese modo los ánimos de la gente?

—Os lo diré —respondió Jesús— si vosotros contestáis esta pregunta: ¿la autoridad de Juan para bautizar provenía del cielo o de la tierra?

Lo sacerdotes, no sabiendo qué contestar, retrocedieron unos pasos para debatir.

—Si decimos que provenía del cielo —razonaron—, responderá: «Entonces, ¿por qué no creísteis en él?». Y si decimos que de la tierra, enojaremos a la multitud. Juan es para ellos un gran profeta.

De modo que no tuvieron más remedio que responder:

—Nos cuesta decidirlo. No podemos contestarte.

—En ese caso —dijo Jesús—, tendréis que aceptar que tampoco yo os conteste.

La siguiente prueba tenía que ver con el perenne problema de los impuestos.

–Maestro –dijeron–, todos podemos ver que eres un hombre honesto. Nadie duda de tu sinceridad e imparcialidad. No favoreces ni intentas congraciarte con nadie. Por eso estamos seguros de que nos darás una respuesta sincera a la pregunta: ¿es legal pagar impuestos?

Querían decir legal en relación con la ley de Moisés. Con esta pregunta los sacerdotes esperaban que dijera algo que le generara problemas con los romanos.

Pero Jesús dijo:

–Mostradme una de esas monedas con las que pagáis vuestros impuestos.

Alguien le tendió una moneda. Jesús la miró y dijo:

–Tiene una imagen. ¿De quién es esta imagen? ¿Qué nombre pone debajo?

–Es de César, naturalmente –dijeron.

–Pues ahí tenéis vuestra respuesta. Dad a César lo que es de César, y a Dios lo que es de Dios.

La tercera vez que intentaron ponerle en un aprieto fue acerca de una ofensa capital. Los escribas y fariseos estaban estudiando el caso de una mujer a la que habían descubierto cometiendo adulterio. Pensaban que podrían obligar a Jesús a exigir la lapidación, el castigo autorizado por su ley, y que eso le causaría problemas.

Lo encontraron cerca del muro del templo. Los fariseos y escribas llevaron a la mujer ante Jesús y dijeron:

–Maestro, esta mujer es adúltera. ¡Fue sorprendida en flagrante adulterio! Moisés ordena que estas mujeres mueran lapidadas. ¿Qué opinas tú? ¿Debemos lapidarla?

Jesús estaba sentado en una roca, inclinado hacia delante, escribiendo con un dedo en el polvo. No les prestó atención.

—Maestro, ¿qué debemos hacer? —insistieron—. ¿Debemos lapidarla como ordena Moisés?

Jesús no respondió y siguió escribiendo en el suelo.

—¡No sabemos qué hacer! —continuaron—. Aconséjanos. Estamos seguros de que puedes encontrar una solución. ¿Qué opinas tú? ¿Debemos lapidarla?

Jesús levantó la vista y se sacudió el polvo de las manos.

—El que esté libre de pecado, que tire la primera piedra —respondió.

Dicho esto, se inclinó y siguió escribiendo.

Uno a uno, escribas y fariseos se marcharon farfullando para sí, y Jesús se quedó a solas con la mujer.

Finalmente se puso en pie y preguntó:

—¿Adónde han ido? ¿Al final nadie te ha condenado?

—Nadie, señor.

—En ese caso, puedes irte —dijo—. Yo no voy a condenarte, pero no vuelvas a pecar.

Cristo oyó esto de boca de su informante. En cuanto hubo terminado, corrió al lugar de los hechos para ver qué había escrito Jesús en el polvo. El viento había borrado las palabras y nada podía leerse ya, pero cerca de allí alguien había escrito en el muro del templo, con barro, las palabras JESÚS REY. El barro se había secado con el sol, y Cristo se apresuró a borrarlas por miedo que metieran a su hermano en problemas.

Jesús se enfada con los fariseos

Poco después de eso algo provocó que Jesús volcara su ira sobre los fariseos. Llevaba tiempo observando cómo se comportaban, cómo trataban a la gente humilde, cómo se daban aires de grandeza. Alguien le preguntó si la gente debía actuar como los fariseos y Jesús respondió:

—Ellos enseñan con la autoridad de Moisés, ¿no es cierto? ¿Y sabéis qué dice la ley de Moisés? Escuchad lo que los escribas y los fariseos dicen, y si concuerda con la ley de Moisés, obedeced. Pero haced lo que ellos dicen, no lo que ellos hacen.

»Pues hasta el último de ellos es un hipócrita. ¡Mirad cómo se pavonean! Les encanta ocupar el lugar de honor en un banquete, les encanta ostentar cargos prominentes en la sinagoga, les encanta que los saluden con palabras respetuosas en la plaza pública. Alardean de la corrección de su atuendo al tiempo que exageran cada uno de sus detalles para hacer resaltar su devoción. Fomentan la superstición y se olvidan de la verdadera fe. Adulan a los ciudadanos prominentes y se jactan de la importancia de sus poderosos amigos. ¿No he mencionado incontables veces el gran error que es creer que cuanto más alto estáis entre los hombres, más cerca os encontráis de Dios?

»Escribas y fariseos, si me estáis escuchando, ¡ay de vosotros! Tratáis con gran miramiento los asuntos más nimios de la ley y dejáis que grandes cosas como la justicia, la misericordia y la fe sean desatendidas y olvidadas. De vuestro vino apartáis el mosquito pero os tragáis el camello.

»¡Ay de vosotros, hipócritas! Predicáis modestia y abstinencia pero vivís rodeados de lujos; sois como el hombre que ofrece vino a sus invitados en una copa de oro que ha pulido solo por fuera, dejando el interior lleno de roña y suciedad.

»¡Ay de vosotros! Sois como un sepulcro enjalbegado, una construcción bella e inmaculada que dentro, sin embargo, guarda huesos, harapos y toda clase de inmundicias.

»¡Serpientes, generación de víboras! Habéis perseguido a los bondadosos e inocentes y conducido a la muerte a los sabios y rectos. ¿De veras creéis que podréis escapar del infierno?

»Jerusalén, Jerusalén, eres una ciudad desdichada. Los profetas acuden a ti y los lapidas hasta matarlos. ¡Ojalá pudiera reunir a todos tus hijos como una gallina reúne a sus polluelos bajo el ala! Pero ¿me dejaríais? Seguro que no. ¡Ved cómo apenáis a quienes os aman!

La noticia de la indignada alocución de Jesús se difundió con rapidez y Cristo tenía que trabajar duramente para estar al día de los informes de las palabras de su hermano. Y cada vez con más frecuencia veía las palabras JESÚS REY garabateadas en los muros y grabadas en las cortezas de los árboles.

Jesús y los mercaderes

El siguiente incidente no solo implicó palabras. En el templo se realizaban muchas actividades relacionadas con la compraventa: por ejemplo, se vendían palomas, bueyes y ovejas para sacrificios. Pero como al templo acudía gente de todas partes, próximas y lejanas, había quien llegaba con dinero diferente de la moneda local, de manera que en el templo también había mercaderes deseosos de calcular la paridad y venderles el dinero para comprar palomas. Un día Jesús entró en el templo y, provocado por su creciente ira contra los escribas y sacerdotes, al ver toda aquella actividad mercantil perdió la paciencia y empezó a volcar las mesas de los mercaderes y los vendedores de animales y a lanzarlas por los aires. Luego, agarrando un látigo, expulsó a los animales del templo mientras gritaba:

—¡Este templo debería ser un lugar de oración, pero mirad, lo habéis convertido en una guarida de ladrones! Llevaos de aquí vuestro dinero y mercadeo y dejad este lugar a Dios y a su pueblo.

Los guardias del templo se personaron rápidamente para restaurar el orden, pero la gente estaba demasiado enardecida para prestarles atención y muchos ya se habían arrojado al suelo para hacerse con las monedas que rodaban antes de que los mercaderes pudieran rescatarlas. En medio de toda esa confusión, los guardias no vieron a Jesús y no lograron arrestarle.

Los sacerdotes hablan de lo que deberían hacer con Jesús

Tras enterarse de lo ocurrido, los sacerdotes y levitas del templo se reunieron en casa de Caifás, el sumo sacerdote, para hablar de cuál debía ser su respuesta.

—Tenemos que apartarlo de la circulación de una forma u otra —dijo uno.

—¿Arrestarle? ¿Matarle? ¿Enviarle al exilio?

—Es demasiado popular. Si actuamos contra él, la gente se rebelará.

—La gente es voluble. Se le puede hacer cambiar de opinión.

—Pues nosotros no lo estamos consiguiendo. Todos apoyan a Jesús.

—Eso puede cambiar en un instante, con la adecuada provocación…

—Todavía no entiendo qué ha hecho de malo.

—¿Qué? Ha provocado disturbios en el templo. Conduce a la gente a estados de excitación malsanos. Tal vez a ti eso te parezca poca cosa, pero seguro que a los romanos no.

—No entiendo qué es lo que quiere. Si le ofrecemos un alto cargo en el templo, tal vez lo acepte y se tranquilice.

—Predica el advenimiento del Reino de Dios. Dudo mucho que podamos comprarlo con un salario y un cargo confortable.

—En cualquier caso, no podéis negar que es un hombre de gran integridad.

—¿Has visto lo que están escribiendo por todas partes? Jesús Rey.

—Eso podría resultar útil. Si lográramos persuadir a los romanos de que es una amenaza para el orden...

—¿Pensáis que es un zelote? ¿Que esa es su motivación?

—Tarde o temprano los romanos se fijarán en él. Debemos actuar antes que ellos.

—No podemos hacer nada durante la Pascua.

—Necesitamos un espía en su terreno. Si pudiéramos averiguar cuál va a ser su siguiente paso...

—Imposible. Sus discípulos son unos fanáticos. Jamás le delatarían.

—Esto no puede continuar. Pronto tendremos que hacer algo. Ese hombre lleva demasiado tiempo actuando sin que nadie le pare los pies.

Caifás dejaba hablar y escuchaba atentamente, presa de una profunda preocupación.

Cristo y su informante

Cristo se alojaba en una posada de las afueras de la ciudad. Esa noche cenó con su informante, que le relató el incidente del templo. A Cristo ya le habían llegado rumores y estaba impaciente por conocer los detalles, de modo que mientras comían tomó notas en su tablilla.

—Jesús parece cada vez más enfadado —dijo—. ¿Tienes idea de por qué? ¿Ha hablado de ello con vosotros?

—No, pero Pedro está convencido de que Jesús corre peligro y le preocupa que pueda ser prendido antes de que llegue el Reino. ¿Qué pasaría entonces, con Jesús en prisión? ¿Se abrirían todas las puertas y caerían todos los barrotes? Probablemente. Pero Pedro está preocupado, de eso no hay duda.

—¿Crees que Jesús también lo está?

—No lo ha dicho. Pero estamos todos muy nerviosos. Para empezar, no sabemos qué piensan hacer los romanos. Y la gente está a favor de Jesús ahora, pero se respira cierta impaciencia. Están sobreexcitados. Desean el Reino ya, y si…

El hombre vaciló.

—¿Si qué? —preguntó Cristo—. Si el Reino no llega, ¿es eso lo que ibas a decir?

—Naturalmente que no. Nadie duda de que el Reino llegará. Pero un incidente como el de esta mañana en el templo… Hay momentos en que desearía que estuviéramos en Galilea.

—¿Cómo se lo están tomando los demás discípulos?

—Como ya te he dicho, están nerviosos, inquietos. Si el maestro no estuviera tan enfadado ahora mismo, todos estaríamos más tranquilos. Da la impresión de que esté buscando pelea.

—Pero él dijo que si alguien nos golpeaba debíamos poner la otra mejilla.

—También dijo que no había venido a traer paz, sino espada.

—¿Cuándo dijo eso?

—En Cafarnaún, poco después de que Mateo se uniera a nosotros. Jesús nos estaba explicando lo que debíamos hacer cuando saliéramos a predicar. Dijo: «No creáis que he venido a traer paz a la tierra. No he venido a traer paz, sino espada. He venido a poner al hombre contra su padre, y a la hija contra su madre, y a la nuera contra su suegra; y vuestros enemigos serán miembros de vuestra familia».

Cristo anotó las palabras exactas del apóstol.

—Parece un comentario muy propio de él. ¿Dijo algo más?

—Dijo: «El que encuentre su vida, la perderá, y el que pierda su vida por mi causa, la encontrará». Ahora, algunos de nosotros volvemos a pensar en esas palabras.

El extraño explica a Cristo su papel

El informante se despidió y regresó apresuradamente junto a sus compañeros. Cristo fue a su habitación para transcribir las palabras a un pergamino. Luego se arrodilló y pidió fuerzas para soportar la prueba que le aguardaba.

Apenas llevaba un rato orando cuando llamaron a la puerta. Sabiendo quién era, Cristo se levantó y abrió.

El ángel le saludó con un beso.

—Estoy listo, señor. ¿Será esta noche?

—Aún disponemos de un rato para hablar. Siéntate y toma un poco de vino.

Cristo sirvió vino a los dos, pues sabía que los ángeles habían comido y bebido con Abraham y Sara.

—Señor, puesto que me queda poco tiempo aquí, ¿responderás al fin la pregunta que te he formulado en más de una ocasión y me dirás quién eres y de dónde vienes?

—Pensaba que tú y yo habíamos alcanzado ya cierta confianza.

—He puesto mi vida en tus manos. Solo te pido, a cambio, un poco de información.

—No es la primera vez que tu fe flaquea.

—Si estás al corriente de la otra ocasión, sabrás lo mucho que lo lamenté. Daría lo que fuera por volver a vivir esa noche. En cualquier caso, ¿no he hecho fielmente todo lo que me has pedido? ¿No he dejado fiel constancia de la vida y las palabras de mi hermano? ¿Y no he aceptado el papel del que me hablaste la última vez que nos vimos? Estoy dispuesto a interpretar el papel de Isaac. Estoy dispuesto a dar mi vida por el Reino y reparar la vez que mi fe fue necesaria y flaqueó. Señor, te lo ruego, cuéntame algo más. Si no lo haces, habré de abandonar mi vida en la oscuridad.

—Te dije que se trataba de una tarea difícil. El papel de Isaac es fácil. El papel difícil es el de Abraham. No eres tú el que ha de morir. Tú entregarás a Jesús a las autoridades. Es él quien debe morir.

Cristo le miró estupefacto.

—¿Traicionar a mi hermano? ¿Queriéndole como le quiero? ¡Jamás podría hacer una cosa así! ¡Señor, es demasiado duro! Te lo ruego, no me pidas eso.

En medio de su confusión, Cristo se levantó, juntó las manos y se golpeó la cabeza. Después se dejó caer y se aferró a las rodillas del ángel.

—¡Déjame morir en su lugar, te lo suplico! —gritó—. Nos parecemos mucho, nadie lo notará. ¡Así podrá continuar su obra! ¿Qué hago yo salvo anotar sus palabras? ¡Cualquiera podría hacerlo! Mi informante es un hombre bueno y honesto, él podría escribirlas, estaría en muy buena posición para continuar la historia que yo he comenzado… ¡No me necesitas vivo! Me he pasado la vida intentando servir a mi hermano y ahora, cuando creía que podía hacerle el mayor servicio de todos muriendo en su lugar, pretendes que le traicione. ¡No me hagas eso! ¡No puedo hacerlo! ¡No puedo! Prescinde de mí.

El ángel le acarició el pelo.

—Levántate —dijo— y te desvelaré parte de lo que te ha sido ocultado.

Cristo se enjugó las lágrimas y trató de serenarse.

—La verdad de todo lo que voy a contarte ya la conoces —comenzó el extraño—. Tú mismo hablaste de gran parte de ella a Jesús con tus propias palabras. Le dijiste que la gente necesitaba milagros y señales; le hablaste de la importancia de acontecimientos sorprendentes para persuadirles de que creyeran. Él no te escuchaba porque creía que el Reino estaba tan cerca que no sería necesaria la persuasión. Y trataste de que aceptara la existencia de lo que nosotros hemos acordado llamar iglesia. Él se burló de la idea, pero eras tú el que tenía razón, no él. Sin milagros, sin una iglesia, sin escrituras, el poder de sus palabras y sus obras será como agua derramada en arena. El agua la humedece, pero luego llega el sol y la seca, y al rato ya no queda un solo indicio de que estuvo allí. También la crónica histórica que has empezado a redactar meticulosamente, con tanta diligencia y atención a la verdad, se dispersará como si fuera hojas secas. Dentro de una generación el nombre de Jesús ya no significará nada, y tampoco el nombre de Cristo. ¿Cuántos sanadores, exorcistas y predicadores recorren los caminos de Palestina? Centenares. Todos ellos caerán en el olvido, y también Jesús. A menos que…

—Pero el Reino —dijo Cristo—, ¡el Reino ha de llegar!

—No —dijo el ángel—. En este mundo no habrá Reino. También tenías razón en eso.

—¡Yo nunca negué el Reino!

—Sí que lo hiciste. Cuando describías la iglesia, hablabas como si el reino no pudiera llegar sin ella. Y tenías razón.

—¡No! Yo dije que, si Dios quisiera, podría traer el Reino con solo levantar un dedo.

—Pero Dios no quiere. Dios quiere que la iglesia sea una imagen del Reino. La perfección no pertenece a este mundo; solo podemos tener una imagen de la perfección. Jesús, llevado por su pureza, exige demasiado a la gente. Sabemos que los seres humanos no son perfectos, como él desea que sean, y debemos adaptarnos a ellos. El verdadero Reino los cegaría, como hace el sol, pero aun así necesitan una imagen del mismo. Y la iglesia será esa imagen. Mi querido Cristo —prosiguió el extraño, inclinándose hacia delante—, la vida es difícil; existen profundidades, compromisos y misterios que para el ojo inocente parecen traiciones. Dejemos que los hombres sabios de la iglesia soporten esas cargas, porque a los fieles ya les toca soportar muchas otras. Hay niños que educar, enfermos que atender, hambrientos que alimentar. El cuerpo de fieles hará esas cosas con valentía, desinterés y constancia, y muchas más, porque existen otras necesidades. Está el deseo de belleza, música y arte, una sed aún más gratificante de saciar porque las cosas que la satisfacen no se consumen, sino que alimentan a todos los que tienen hambre de ellas, una y otra vez. La iglesia que describes inspirará todas esas cosas, y las proporcionará a manos llenas. Y está la noble pasión por el conocimiento y la investigación, por la filosofía, el magnífico estudio sobre la naturaleza y el misterio de la divinidad. Bajo la dirección y la protección de la iglesia, todas esas necesidades humanas, desde la más ordinaria y física a la más excepcional y espiritual, serán constantemente satisfechas, y se honrarán todos los pactos. La iglesia no será el Reino, porque el Reino no es de este mundo; pero será la prefiguración del Reino, y el único camino para alcanzarlo.

»Pero solo, solo, si en el centro de esa iglesia está la presencia eterna de un hombre que, además de hombre, también es Dios y la palabra de Dios, un hombre que muere y es devuelto a la vida. Sin esa presencia, la iglesia se marchitará y perecerá, será una cáscara vacía, como las demás estructuras humanas que viven un tiempo y luego mueren y desaparecen.

—¿De qué estás hablando? ¿Qué quieres decir con «devuelto a la vida»?

—Si no vuelve a la vida, nada de todo eso sucederá. Si no resucita de entre los muertos, la fe de incontables millones de seres humanos aún por nacer morirá en el útero, y esa es una tumba de la que nada resucitará. Ya te expliqué que la verdad no es la historia, que la verdad está fuera del tiempo y entra en la oscuridad como una luz. Esta es esa verdad. Es una verdad que hará que todo suceda. Es la luz que iluminará el mundo.

—Pero ¿resucitará?

—¡Qué terquedad! ¡Qué insensibilidad! Sucederá si crees en ello.

–¡Ya sabes lo débil que es mi fe! Ni siquiera pude…
Ya sabes lo que no pude hacer.

–Estamos hablando de la verdad, no de la historia
–le recordó el ángel–. Puedes vivir la historia, pero debes escribir la verdad.

–Es en la historia donde quiero verle resucitar.

–Entonces cree.

–¿Y si no puedo?

–Entonces piensa en un niño huérfano, perdido, hambriento y muerto de frío. En un hombre enfermo, atormentado por el dolor y el miedo. En una mujer mori-
bunda, aterrada ante la inminente oscuridad. Habrá manos que les lleven alivio, alimento y calor, habrá voces
bondadosas y tranquilizadoras, habrá lechos mullidos,
dulces himnos, consuelo y alegría. Esas manos amables
y esas voces dulces harán su trabajo de buen grado porque saben que un hombre murió y resucitó, y que esa
verdad basta para acabar con todo el mal en el mundo.

–Aunque no haya sucedido.

El ángel calló.

Cristo aguardó una respuesta que no llegó. Entonces dijo:

–Ahora lo entiendo todo. Es preferible que un hombre muera a que estas buenas cosas no sucedan nunca,
eso es lo que me estás diciendo. Si hubiera sabido eso
antes, me pregunto si habría estado dispuesto a escu-
charte. No me extraña que hayas esperado todo este
tiempo para aclarármelo. Me has atrapado en tu red y
ahora estoy enredado en ella como un gladiador y no
puedo escapar.

El ángel callaba.

Cristo continuó:

–¿Por qué yo? ¿Por qué ha de ser mi mano la que le traicione? No será porque mi hermano sea difícil de encontrar. No hay prácticamente nadie en Jerusalén que no conozca su rostro. Seguro que hay algún desgraciado dispuesto a entregarlo por un puñado de monedas. ¿Por qué debo hacerlo yo?

–¿Recuerdas lo que dijo Abraham cuando se le ordenó que sacrificara a su hijo? –preguntó entonces el ángel.

Cristo guardó silencio.

–No dijo nada –respondió al fin.

–¿Y recuerdas qué ocurrió cuando levantó el cuchillo?

–Un ángel le dijo que no hiciera daño al muchacho. Luego vio el carnero atrapado en el matorral.

El ángel se levantó para marcharse.

–Tómate tu tiempo, Cristo –dijo–. Medita sobre todo lo que te he contado. Cuando estés listo, ve a casa de Caifás, el sumo sacerdote.

Cristo en el estanque de Betesda

Cristo deseaba quedarse en su cuarto y pensar en el carnero en el matorral. ¿Le estaba diciendo el ángel con eso que algo ocurriría en el último momento que salvaría a su hermano? ¿Qué otra cosa podía haber querido decir?

Pero la habitación era pequeña y agobiante y Cristo necesitaba aire fresco. Se envolvió en su capa y salió a la calle. Echó a andar en dirección al templo y después se desvió hacia la puerta de Damasco. En un momento dado giró, no sabía si a izquierda o derecha, y de pronto se encontró en el estanque de Betesda, un lugar al que acudían tullidos de toda índole con la esperanza de ser curados. El estanque estaba rodeado de una columnata bajo la que pasaban la noche algunos enfermos, aunque teóricamente solo podían ir allí durante el día.

Cristo caminó con sigilo bajo la columnata y se sentó en los escalones que bajaban al estanque. Había una luna casi llena, pero las nubes cubrían el cielo y Cristo solo alcanzaba a ver la piedra clara y el agua oscura. Apenas llevaba allí un minuto cuando oyó un susurro. Alarmado, se dio la vuelta y vio que algo se acercaba: un hombre con las piernas paralizadas arrastrándose trabajosamente por el empedrado.

Cristo se levantó para irse pero el hombre le dijo:

—Espera, señor.

Volvió a sentarse. Quería estar solo, pero recordó la descripción del ángel de las buenas obras que haría esa iglesia que los dos querían ver hecha realidad. ¿Podía darle la espalda a ese pobre mendigo? ¿O acaso era, de alguna manera que no alcanzaba a imaginar, el carnero que debía ser sacrificado en lugar de Jesús?

—¿Qué puedo hacer por ti? —le preguntó Cristo.

—Quedarte y charlar un rato conmigo. No quiero nada más.

El lisiado llegó junto a Cristo y se quedó allí tumbado, resoplando.

—¿Cuánto tiempo llevas esperando tu curación?

—Doce años, señor.

—¿Es que nadie quiere ayudarte a entrar en el agua? ¿Quieres que te ayude yo?

—Ya es tarde, señor. Lo que ocurre es que de tanto en tanto un ángel aparece y agita el agua, y el primero que entra en el estanque después de eso se cura. Y yo voy muy despacio, como habrás observado.

—¿Cómo vives? ¿Qué comes? ¿Tienes familia o amigos que cuiden de ti?

—De vez en cuando viene gente y nos da comida.

—¿Por qué lo hacen? ¿Quiénes son?

—No sé quiénes son. Lo hacen porque… No sé por qué lo hacen. Quizá, simplemente, porque son buena gente.

—No digas tonterías —dijo otra voz desde la oscuridad—. La gente buena no existe. Ser bueno no es natural. Lo hacen para que otras personas tengan una elevada opinión de ellos. Si no fuera por eso, no lo harían.

—No sabes de lo que hablas —dijo una tercera voz desde la columnata—. La gente puede ganarse una opinión elevada de formas mucho más rápidas que haciendo el bien. Lo hacen porque tienen miedo.

—¿Miedo de qué? —dijo la segunda voz.

—Miedo del infierno, ciego estúpido. Creen que pueden salvarse de ir al infierno haciendo el bien.

—No importa por qué lo hagan —dijo el paralítico—, mientras lo hagan. Además, la gente buena sí existe.

—Lo que hay es gente blanda como tú, gusano —dijo la tercera voz—. ¿Por qué no te ha ayudado nadie a entrar en el agua en doce años, eh? Porque estás sucio, por eso. Apestas, como apestamos todos. Te arrojarán un mendrugo de pan pero no te tocarán. Mira tú qué buenos. ¿Sabes cuál sería un verdadero acto de caridad? No que te echen pan. A ellos no les falta el pan. Pueden comprarlo cuando quieren. Un verdadero acto de caridad sería que una prostituta joven y bonita viniera aquí y nos hiciera pasar un buen rato a cambio de nada. ¿Puedes imaginarte a una muchacha de rostro dulce y piel sedosa yaciendo en mis brazos, con mis úlceras rezumando pus sobre todo su cuerpo y apestando como un estercolero? Si puedes imaginar eso, puedes imaginar la verdadera bondad. Yo, desde luego, no puedo. Aunque viviera mil años nunca vería esa clase de bondad.

—Porque no sería bondad —dijo el ciego—. Sería maldad y fornicación, y ella sería castigada y tú también.

—Está la vieja Sara —intervino el paralítico—. Vino la semana pasada. Lo hace a cambio de nada.

—Porque está loca y beoda —replicó el leproso—. O por lo menos lo bastante loca para yacer contigo, porque ni siquiera ella está dispuesta a yacer conmigo.

—Ni una prostituta muerta yacería contigo, leproso roñoso —dijo el ciego—. Antes saldría de su tumba y huiría arrastrando los huesos.

—Entonces, dime tú qué es la bondad —dijo el leproso.

—¿Quieres saber qué es la bondad? Yo te diré qué es la bondad. Bondad sería agarrar un cuchillo afilado y recorrer la ciudad por la noche rebanándoles la garganta a todos los hombres ricos, y a sus esposas e hijos, y también a sus sirvientes, y a todos los seres que vivan en sus casas. Ese sería un acto de bondad suprema.

—No puedes decir que eso sería un acto de bondad —repuso el paralítico—. Eso sería asesinato, tanto si son ricos como si no. Está prohibido y lo sabes.

—Eres un ignorante. No conoces las escrituras. Cuando el rey Senaquerib tenía sitiada Jerusalén, el ángel del Señor descendió por la noche y asesinó a ciento ochenta y cinco mil soldados mientras dormían. Esa sí que fue una buena obra. Está justificado asesinar al opresor, siempre lo ha estado. Dime que nosotros, los pobres, no estamos oprimidos por los ricos. Si yo fuera rico, tendría sirvientes que cuidarían de mí y una esposa con la que yacer, e hijos que honrarían mi nombre. Tendría arpistas y cantantes que crearían bella música para mí, tendría administradores que cuidarían de mi dinero y controlarían mis campos y mi ganado, tendría todo lo necesario para hacerle la vida más fácil a un hombre ciego. El sumo sacerdote visitaría mi casa, me alabarían en las sinagogas, sería respetado en toda Judea.

—¿Y serías caritativo con un pobre lisiado del estanque de Betesda? —preguntó el paralítico.

—No, no lo sería. No te daría ni una moneda. ¿Sabes por qué? Porque seguiría siendo ciego y no podría verte, y a quien intentara hablarme de ti no le escucharía. Porque sería rico y tú me traerías sin cuidado.

—Entonces mereces que te rebanen la garganta —dijo el leproso.

—A eso me refería.

Cristo dijo:

—Hay un hombre llamado Jesús, un hombre santo, un sanador. Si él viniera aquí…

—Sería una pérdida de tiempo —dijo el leproso—. Cada día acuden a este estanque una docena o más de mendigos contratados por hombres santos para que finjan estar tullidos. Por un par de dracmas juran que hace años que están tullidos o ciegos y luego representan una recuperación milagrosa. ¿Hombres santos? ¿Sanadores? No me hagas reír.

—Este hombre es diferente —dijo Cristo.

—Lo recuerdo —dijo el ciego—. Jesús. Vino aquí el sábado, el muy idiota. Los sacerdotes no le dejaron curar en sábado. Tendría que haberlo sabido.

—Pero curó a alguien —dijo el paralítico—, al viejo Hiram. Seguro que lo recuerdas. Le dijo: «Levántate, toma tu lecho y anda».

—Paparruchas —repuso el ciego—. Hiram llegó hasta

la puerta del templo, volvió a tumbarse y siguió mendigando. Me lo contó la vieja Sara. Dijo que de qué le servía perder su manera de ganarse la vida. Mendigar era lo único que sabía hacer. ¡Tú y tus tonterías sobre la bondad! —Se volvió hacia Cristo—. ¿Qué tiene de bueno arrojar a un hombre a la calle sin oficio, sin casa, sin dinero? ¿Eh? Ese Jesús exige demasiado a la gente.

—Pero es un buen hombre —repuso el paralítico—. Me da igual lo que digas. Podías sentirlo, podías verlo en sus ojos.

—Yo no lo vi —dijo el ciego.

—¿Y qué crees tú que es la bondad? —preguntó Cristo al paralítico.

—Tan solo un poco de compañía humana, señor. Un hombre pobre disfruta de pocas cosas en la vida, y un tullido aún menos, señor. El contacto de una mano amable vale para mí más que el oro. Si me abrazaras, señor, si me rodearas con tus brazos un instante y me besaras, te lo agradecería enormemente. Eso sí sería un verdadero acto de bondad.

El hombre apestaba. El olor a heces, orina, vómito y años de roña acumulada emanaba de su cuerpo como una nube. Cristo se inclinó e intentó abrazarle, pero se vio obligado a retroceder. Sufrió una arcada y probó de nuevo. Hubo un momento torpe cuando el paralítico intentó rodearle con sus brazos, y entonces el olor se hizo insoportable. Cristo le dio un beso fugaz, se lo quitó de encima y se levantó.

Una carcajada breve sonó en la oscuridad de la columnata.

Cristo salió a toda prisa y aspiró profundamente el aire fresco de la noche, y solo cuando hubo dejado atrás la gran torre de la esquina del templo se dio cuenta de que durante el torpe abrazo el paralítico le había robado la bolsa de monedas que llevaba colgada del cinturón.

Temblando, se sentó en un rincón del muro y lloró por él, por el dinero que había perdido, por los tres hombres del estanque de Betesda, por su hermano Jesús, por la prostituta con cáncer, por toda la gente pobre del mundo, por su madre y por su padre, por su niñez, cuando era tan fácil ser bueno. Las cosas no podían seguir así.

Cuando se hubo serenado fue a reunirse con el ángel en casa de Caifás, pero seguía temblando.

Caidás

Cuando Cristo llegó, encontró al ángel aguardándole en el patio y ambos fueron conducidos ante el sumo sacerdote. Lo encontraron levantándose de la oración. Aunque había despedido a todos sus asesores, diciendo que necesitaba meditar sobre sus propuestas, recibió al ángel como si fuera un estimado consejero.

—Este es el hombre —le dijo el ángel, señalando a Cristo.

—Gracias por venir. ¿Puedo ofreceros algo de beber? —dijo Caifás.

Cristo y el ángel negaron con la cabeza.

—Tal vez sea mejor así —dijo Caifás—. Se trata de un asunto desafortunado. No quiero conocer tu nombre. Supongo que tu amigo ya te ha contado lo que necesitamos. Los guardias que arrestarán a Jesús fueron reclutados en otro lugar y no conocen su cara, por lo que necesitamos a alguien que lo señale. ¿Estás dispuesto a hacerlo?

—Sí —dijo Cristo—. Pero ¿por qué han tenido que reclutar guardias de fuera?

—Te seré franco. Existe mucha disensión, no solo dentro de nuestro consejo sino entre la gente, y los guardias no son inmunes a ella. Los que han visto y escuchado a

Jesús son volátiles e inestables; unos lo aman y otros lo desprecian. Debo asegurarme de que los guardias que envíe no discutirán entre sí. Se trata de una situación muy delicada.

—¿Y tú has visto y escuchado a Jesús? —preguntó Cristo.

—Por desgracia, no he tenido la oportunidad. Como es lógico, se me ha informado detalladamente de sus palabras y obras. Si corrieran tiempos más tranquilos, me encantaría conocerle y conversar sobre temas de interés común, pero he de mantener un equilibrio sumamente difícil. Mi principal prioridad es conservar unida la masa de fieles. Hay facciones que desean escindirse y unirse a los zelotes; otras están deseando que congregue a todos los judíos en un claro desafío a los romanos; y otras insisten en que mantenga buenas relaciones con el gobernador, alegando que nuestro principal deber es preservar la paz y la vida de nuestro pueblo. He de satisfacer tantas de esas demandas como me sea posible sin granjearme la antipatía de los que no tengo más remedio que decepcionar y, sobre todo, como ya he dicho, mantener cierta unidad. Es difícil encontrar el equilibrio. El Señor, sin embargo, ha puesto esa carga sobre mis hombros, y debo sobrellevarla lo mejor que pueda.

—¿Qué le harán los romanos a Jesús?

—Yo… —Caifás extendió las manos—. Harán lo que tengan que hacer. En cualquier caso, no habrían tardado mucho en detenerle. Y ese es otro de nuestros problemas; si las autoridades religiosas no nos ocupamos de ese hombre, daremos la impresión de que le estamos apoyando y eso pondrá a todos los judíos en peligro. Debo cuidar de mi gente. El gobernador, además, es un hombre cruel. Si pudiera salvar a este Jesús, si pudiera realizar un milagro y trasladarlo en un instante a Babilonia o Atenas, lo haría sin vacilar. Pero estamos limitados por las circunstancias. No puedo hacer otra cosa.

Cristo inclinó la cabeza. Se daba cuenta de que Caifás era un hombre bueno y honesto, y que su posición era imposible.

El sumo sacerdote se dio la vuelta y cogió una bolsita de dinero.

—Deja que te remunere por tus molestias —dijo.

Y Cristo recordó que le habían robado su bolsa y que debía la habitación. Le avergonzaba, con todo, aceptar el dinero de Caifás. Sabía que el ángel le estaba viendo dudar, de modo que se volvió hacia él para explicarse.

—Me han robado la…

El ángel levantó una mano para indicarle que comprendía.

—No tienes que explicarte —dijo—. Toma el dinero. Te lo ofrecen de corazón.

De modo que Cristo lo tomó, y volvió a sentir náuseas.

Caifás se despidió de ellos e hizo llamar al capitán de la guardia.

Jesús en el huerto de Getsemaní

Jesús había pasado todo ese tiempo conversando con sus discípulos, pero a medianoche dijo:

—Voy a salir. Pedro, Jacobo y Juan, acompañadme. Los demás podéis quedaros y dormir.

Se dirigieron a la puerta del muro de la ciudad que tenían más cerca.

Pedro dijo:

—Maestro, ve con cuidado esta noche. Corre el rumor de que están reforzando la guardia del templo. Y el gobernador está buscando un pretexto para tomar medidas enérgicas… Está en boca de todos.

—¿Y por qué hacen eso?

—Por cosas como esa —dijo Juan, señalando las palabras JESÚS REY escritas con barro en el muro más cercano.

—¿Lo habéis escrito vosotros? —preguntó Jesús.

—Naturalmente que no.

—Entonces no os concierne. No hagáis caso.

Juan sabía que les concernía a todos, pero calló. Se rezagó para poder borrar las palabras y luego regresó junto a ellos.

Jesús cruzó el valle hasta un jardín situado en la ladera del Monte de los Olivos.

—Esperad aquí —dijo—. Haced guardia y avisadme si viene alguien.

Se sentaron bajo un olivo y se ciñeron la capa porque la noche era fría. Jesús se alejó un pequeño trecho y se arrodilló.

—No me escuchas —susurró—. Llevo toda mi vida hablándote y solo recibo silencio. ¿Dónde estás? ¿Te encuentras ahí arriba, entre las estrellas? ¿Es eso? ¿Ocupado creando otro mundo, quizá, porque estás harto de este? Te has ido, ¿verdad? Nos has abandonado.

»Estás haciendo de mí un embustero, ¿te das cuenta? Yo no quiero decir mentiras, trato de decir siempre la verdad. Pero les digo que eres un padre bondadoso que cuida de todos ellos y no lo eres. Por lo que a mí respecta, además de sordo eres ciego. ¿No puedes ver o simplemente no quieres mirar? ¿Cuál de las dos cosas?

»No respondes. No te interesa.

»Si me estuvieras escuchando, sabrías lo que significa para mí la verdad. No soy uno de esos charlatanes, uno de esos filósofos quisquillosos con sus perfumadas estupideces griegas sobre un mundo puro de formas espirituales donde todo es perfecto, el único lugar donde está la verdad, a diferencia de este sucio mundo material que es corrupto y burdo, lleno de falsedades e imperfecciones… ¿Les has oído? Qué pregunta tan absurda. Tampoco te interesan las calumnias.

»Porque son calumnias. Tú creaste este mundo, y hasta el último centímetro de él es maravilloso. Cuando pienso en las cosas que he amado casi me atraganto de felicidad, o de pena, no estoy seguro; y todas pertenecían a este mundo que tú creaste. Si alguien puede aspirar el olor a pescado frito una noche junto al lago, o sentir una brisa fresca un día caluroso, o ver a un animalillo intentando corretear, tropezándose y volviendo a levantarse, o besar unos labios suaves y dispuestos, si alguien puede sentir esas cosas y sostener que no son más que copias imperfectas de algo mucho mejor que pertenece a otro mundo, te está calumniando, Señor, si es que las palabras tienen algún valor. Pero ellos no piensan que las palabras tengan valor; no son más que fichas con las que jugar sofisticados juegos. La verdad es esto, y la verdad es aquello, y qué es la verdad al fin y al cabo, y así parlotean sin parar, esos fantasmas sin sangre en las venas.

»Los salmos dicen: "Dice el necio en su corazón: Dios no existe". Bueno, pues yo entiendo a ese necio. Le trataste como me estás tratando a mí, ¿verdad? Si eso me convierte en un necio, soy uno con todos los necios que creaste. Yo amo a ese necio, aunque tú no le ames. El pobre diablo te hablaba en susurros noche tras noche y jamás recibía respuesta. Job, con todos sus apuros, obtuvo de ti una respuesta. Pero el necio y yo es como si le habláramos a una vasija vacía, con la diferencia de que hasta una vasija vacía emite un sonido que recuerda al viento, si te la acercas a la oreja. Eso, en cierto modo, ya es una respuesta.

»¿Es eso lo que me estás diciendo? ¿Que cuando escucho el viento es tu voz lo que estoy oyendo? ¿Que cuando miro las estrellas, o la corteza de un árbol o las ondas de la arena en la orilla del agua, estoy viendo tu escritura? Todas ellas son cosas encantadoras, desde luego, pero ¿por qué hiciste que costara tanto leerlas? ¿Quién puede traducírnoslas? Te ocultas tras enigmas y misterios. ¿Soy capaz de creer que Dios, mi Señor, se comportaría como uno de esos filósofos y diría cosas con el fin de desconcertar y confundir? No, no soy capaz. ¿Por qué tratas así a tu pueblo? El Dios que creó el agua transparente, dulce y fresca no la llenaría de barro antes de darla a beber a los niños. Así pues, ¿cuál es la respuesta? ¿Que esas cosas están llenas de tus palabras y tenemos que perseverar hasta que podamos interpretarlas? ¿O que están vacías y no significan nada? ¿Cuál es la respuesta?

»No hay respuesta, naturalmente. Escucha ese silencio. Ni una brizna de aire; los insectos rascándose en la hierba; Pedro roncando bajo los olivos; un perro ladrando en alguna granja de las colinas a mi espalda; una lechuza abajo, en el valle; y debajo de todo eso, silencio infinito. Tú no estás en los sonidos, ¿verdad? Eso sería una ayuda. Yo amo esos insectos. Ese de allí es un buen perro; digno de confianza; moriría protegiendo esa granja. La lechuza es hermosa y cuida de sus crías. Incluso Pedro está lleno de bondad, pese a sus bravatas. Si pensara que estás en esos sonidos, podría amarte con todo mi corazón, aunque fueran los únicos sonidos que hicieras. Pero tú estás en el silencio. No dices nada.

»Dios, ¿existe alguna diferencia entre decir eso y decir que no estás en absoluto? Puedo imaginarme a algún sacerdote sabelotodo en los años venideros diciendo a sus pobres seguidores "La gran ausencia de Dios es, sin duda, una prueba de su presencia", o una estupidez semejante. La gente escuchará sus palabras y se dirá qué inteligentes son e intentará creerlas; y se irá a casa desorientada y hambrienta, porque no tienen ningún sentido. Ese sacerdote es peor que el necio del salmo, que por lo menos es honesto. Cuando el necio te reza y no recibe respuesta, decide que la gran ausencia de Dios significa que Dios no está en ningún lado.

»¿Qué le diré a la gente mañana, y pasado mañana, y al otro? ¿He de seguir contándoles cosas que no puedo creer? El cansancio se apoderará de mi corazón, las náuseas me revolverán el estómago, la boca se me llenará de ceniza y la bilis me quemará la garganta. Llegará un día en que le diré a un pobre leproso que los pecados le son perdonados y que sus llagas sanarán, y él me responderá: "Pero siempre las tengo igual de mal. ¿Dónde está la curación que me prometiste?".

»Y el Reino…

»¿Me he estado engañando, a mí y a los demás? ¿Qué hacía diciéndoles que el Reino llegaría, que hay gente ahora viva que vería la llegada del Reino de Dios? Ya nos veo esperando, y esperando, y venga a esperar… ¿Tenía razón mi hermano cuando habló de esa gran organización, esa iglesia que haría de vehículo del Reino en la tierra? No, no, estaba equivocado. Mi corazón, mi mente y mi cuerpo se rebelan contra eso. Por el momento.

»Pues puedo ver lo que sucederá si eso llega a ocurrir. El diablo se frotará las manos con deleite. En cuanto los hombres que crean estar cumpliendo la voluntad de Dios adquieran poder, ya sea en su casa, en su pueblo, en Jerusalén o en la mismísima Roma, el diablo entrará en ellos. No pasará mucho tiempo antes de que empiecen a elaborar listas de castigos para toda clase de actividades inocentes, a condenar a la gente a la flagelación o la lapidación en nombre de Dios por vestir eso o comer aquello o creer en lo de más allá. Y los más privilegiados construirán palacios y templos por los que pasearse ufanos, y cargarán de impuestos a los pobres para sufragar sus lujos; y empezarán a mantener las escrituras en secreto, diciendo que hay verdades demasiado sagradas para ser reveladas al pueblo llano, y solo se permitirá la interpretación de los sacerdotes, y torturarán y matarán a todo el que intente que la palabra de Dios sea clara y comprensible para todos; y sus miedos aumentarán cada día que pase, porque cuanto más poder tengan menos confiarán en los demás, por lo que habrá espías y traiciones y denuncias y tribunales secretos, y condenarán a los pobres e inofensivos herejes a terribles muertes públicas para conseguir que el resto, presa del pánico, obedezca.

»Y de vez en cuando, para que la gente se olvide un rato de su miseria y dirija su rabia hacia otro objetivo, los dirigentes de dicha iglesia declararán que esa o aquella nación o ese o aquel pueblo es malvado y debe ser destruido, y reunirán poderosos ejércitos y procederán a matar, quemar, saquear y violar, y clavarán su estandarte sobre las ruinas humeantes de la que fue una tierra hermosa y próspera, y declararán que gracias a ello el Reino de Dios ha ganado en grandeza y esplendor.

»Y el sacerdote que desee satisfacer sus apetitos secretos, su avaricia, su lujuria, su crueldad, será como un lobo en un prado de corderos cuyo pastor ha sido maniatado, amordazado y cegado. A nadie se le ocurrirá dudar de la rectitud de lo que ese hombre santo hace en privado; y sus pequeñas víctimas implorarán piedad al cielo, y sus lágrimas mojarán las manos del sacerdote, que se las secará en la túnica y las unirá santurronamente elevando los ojos al cielo, y la gente comentará lo maravilloso que es tener a un hombre tan santo de sacerdote, un hombre que cuida tanto a los niños…

»¿Y dónde estarás tú? ¿Harás que un rayo golpee a esas serpientes blasfemas? ¿Arrancarás a los dirigentes de sus tronos y echarás abajo sus palacios?

»Hacer la pregunta y esperar la respuesta es saber que no habrá respuesta.

»Señor, si pensara que me estás escuchando, ante todo te suplicaría lo siguiente: que toda iglesia fundada en tu nombre se mantenga siempre pobre, modesta y carente de poder; que no ejerza otra autoridad que la del amor. Que no expulse a nadie. Que no posea propiedades ni imponga leyes. Que no condene, que solo perdone. Que no sea como un palacio con paredes de mármol y suelos lustrosos y guardias apostados en la puerta, sino como un árbol de raíces profundas que acoge a todo tipo de aves y bestias, y que da flores en primavera y sombra en el verano abrasador y fruto, y que con el tiempo cede su sólida y buena madera al carpintero; pero que derrama miles y miles de semillas para que nuevos árboles le puedan crecer en su lugar. ¿Acaso el árbol le dice al gorrión: "Largo, este no es tu lugar"? ¿Acaso el árbol dice al hombre hambriento: "Esta fruta no es para ti"? ¿Acaso el árbol pone a prueba la lealtad de las bestias antes de dejarlas reposar bajo su sombra?

»Esto es cuanto puedo hacer ahora, susurrarle al silencio. ¿Cuánto más tiempo me apetecerá hacerlo? Tú no estás ahí. Nunca me has escuchado. Haría mejor en hablarle a un árbol, a un perro, a una lechuza, a un saltamontes. Ellos siempre estarán ahí. Yo estoy con el necio del salmo. Creías que podríamos apañarnos sin ti; no, en realidad te traía sin cuidado que pudiéramos o no apañarnos sin ti. Simplemente te levantaste y te fuiste. Pues lo estamos haciendo, nos estamos apañando. Yo formo parte de este mundo y amo hasta el último grano de arena, la última brizna de hierba, la última gota de sangre que contiene. Da igual que no haya nada más, porque estas cosas bastan para regocijar el corazón y sosegar el espíritu; y sabemos que deleitan al cuerpo. Cuerpo y espíritu… ¿qué diferencia hay? ¿Dónde acaba uno y empieza el otro? ¿No son la misma cosa?

»De vez en cuando nos acordaremos de ti como de un abuelo que fue querido en su momento pero falleció, y contaremos historias sobre ti. Y alimentaremos a los corderos y cosecharemos el maíz y prensaremos el vino, y nos sentaremos bajo un árbol, con el fresco del atardecer, y daremos la bienvenida al forastero y cuidaremos de los niños, y atenderemos a los enfermos y consolaremos a los moribundos, y yaceremos cuando nos llegue la hora, sin angustia, sin miedo, y regresaremos a la tierra.

»Y dejaremos que el silencio hable consigo mismo…

Jesús se detuvo. No deseaba decir nada más.

El prendimiento de Jesús

Pero a cierta distancia Juan se estaba incorporando y frotando los ojos. Seguidamente despertó a Pedro con el pie y señaló el valle. Por último se levantó y se acercó corriendo a Jesús, que seguía arrodillado.

—Maestro —dijo—, perdona que te interrumpa, pero hay hombres con antorchas subiendo por el sendero.

Jesús aceptó la mano de Juan para levantarse.

—Podrías huir, maestro. Pedro tiene una espada. Podemos entretenerles, decirles que no te hemos visto.

—No —dijo Jesús—. No quiero enfrentamientos.

Se reunió con los demás discípulos y le dijo a Pedro que se guardara la espada.

Mientras subían por el sendero iluminados por las antorchas, Cristo dijo al capitán de los guardias:

—Le abrazaré, así sabréis quién es.

Cuando llegaron junto a Jesús y los otros tres, Cristo se acercó a su hermano y le besó.

—¿Tú? —dijo Jesús.

Cristo quiso decir algo, pero los guardias lo apartaron y avanzaron hasta Jesús. Enseguida se perdió entre la multitud de curiosos que, habiendo escuchado rumores sobre lo que iba a suceder, habían ido a mirar.

Al ver a Jesús prendido, la gente se sintió estafada, pues

pensó que era un impostor religioso más y que todo lo que había contado era mentira. Le abuchearon y gritaron, y probablemente le habrían linchado allí mismo si los guardias no lo hubieran impedido. Pedro hizo ademán de desenfundar nuevamente su espada, pero Jesús meneó la cabeza.

—¡Maestro, estamos contigo! —exclamó Pedro—. ¡No te abandonaremos! ¡Te seguiré a donde te lleven!

Los guardias se llevaron a Jesús sendero abajo y Pedro los siguió. Cruzaron la puerta de la ciudad y entraron en la casa del sumo sacerdote. Pedro tuvo que esperar fuera, en el patio, donde se sumó a los guardias y sirvientes congregados ante el brasero que habían encendido para calentarse, pues la noche era fría.

Jesús ante el consejo

Caifás había reunido en su casa un Consejo urgente de sacerdotes supremos, ancianos y escribas. Se trataba de una medida excepcional, pues la ley judía prohibía que se celebraran consejos de noche, pero las circunstancias lo requerían. Si querían ocuparse de Jesús, debían hacerlo antes de que comenzara la Pascua.

Jesús fue llevado ante el Consejo y sus miembros procedieron a interrogarle. Algunos sacerdotes que habían perdido en sus debates con él estaban deseando encontrar una razón para entregarlo a los romanos y llamaron a testigos con la esperanza de poder condenarle. Sin embargo, no los habían preparado lo suficientemente bien y algunos se contradecían. Por ejemplo, uno dijo:

–Le oí decir que podía destruir el templo y levantar otro en tres días.

–¡No! ¡Eso no lo dijo él! –repuso otro–. Lo dijo uno de sus discípulos.

–¡Pero Jesús no lo negó!

–¡Lo dijo Jesús! ¡Lo oí con mis propios oídos!

No todos los sacerdotes estaban seguros de que eso fuera razón suficiente para declararlo culpable.

Finalmente, Caifás dijo:

–Jesús, ¿qué tienes que decir al respecto? ¿Cuál es tu respuesta a tales acusaciones?

Jesús no contestó.

—¿Y qué hay de esa otra acusación de blasfemia? ¿Que aseguras ser el hijo de Dios? El Mesías.

—Eso lo dices tú —replicó Jesús.

—Lo dicen tus discípulos —repuso Caifás—. ¿No te consideras de algún modo responsable?

—Les he pedido que no lo digan. Pero aunque lo hubiera dicho, no sería una blasfemia, como bien sabes.

Jesús tenía razón, y Caifás y los sacerdotes lo sabían. Estrictamente hablando, blasfemia era maldecir el nombre de Dios, y Jesús jamás había hecho tal cosa.

—¿Y qué hay de esa afirmación de que eres el rey de los judíos? Está escrito en todas las paredes. ¿Qué tienes que decir a eso?

Jesús calló.

—El silencio no es una respuesta —dijo Caifás.

Jesús sonrió.

—Jesús, estamos haciendo un gran esfuerzo por ser justos contigo —prosiguió el sumo sacerdote—. A nosotros nos parece que has hecho cuanto está en tu mano por generar problemas, no solo con nosotros sino con los romanos. Y corren tiempos difíciles. Tenemos que proteger a nuestro pueblo. ¿Es que no lo entiendes? ¿Es que no te das cuenta del peligro en el que nos estás poniendo a todos?

Jesús seguía sin responder.

Caifás se volvió hacia los sacerdotes y escribas y se dirigió a ellos:

—Lamento decir que no nos queda otra elección. Por la mañana llevaremos a este hombre ante el gobernador. Naturalmente, rezaremos para que se apiade de él.

Pedro

Mientras esto ocurría dentro de la casa del sumo sacerdote, el patio se hallaba abarrotado de gente que, apiñada alrededor del brasero, hablaba acaloradamente sobre el prendimiento de Jesús y lo que iba a suceder a continuación. Pedro estaba entre ellos, y en un momento dado una criada le miró y dijo:

—Tú estabas con ese Jesús, ¿verdad? Ayer te vi con él.

—No —dijo Pedro—. Yo no conozco a ese hombre.

Al rato, un individuo comentó a sus compañeros:

—Ese hombre es un discípulo de Jesús. Estaba en el templo con él cuando volcó las mesas de los mercaderes.

—No es cierto —dijo Pedro—. Me confundes con alguien.

Y justo antes del alba, una tercera persona, tras oír comentar algo a Pedro, dijo:

—Tú eres uno de ellos, ¿verdad? Lo sé por tu acento. Eres galileo, como Jesús.

—No sé de qué me hablas —respondió Pedro.

Un gallo cacareó justo entonces. Hasta ese momento parecía que el mundo estuviera conteniendo el aliento, que el tiempo mismo se hubiera detenido durante las horas de oscuridad, pero pronto se haría la luz y con ella el desconsuelo irrumpiría con fuerza. Presintiéndolo, Pedro salió y lloró amargamente.

Jesús y Pilato

Tras entregar a su hermano a los soldados, Cristo se marchó para orar a solas. Confiaba en que el ángel le visitara, porque sentía que tenía que hablar de lo que había hecho y lo que iba a suceder a continuación; y ansiaba explicar lo del dinero.

Oró, pero no pudo conciliar el sueño, así que con la primera luz del alba se dirigió a la casa del sumo sacerdote, donde se enteró de lo del galileo que había negado ser discípulo de Jesús y que había llorado cuando cacareó el gallo. Pese a toda su tensión y desconcierto, Cristo anotó este hecho.

Nervioso y alterado, se sumó a la multitud congregada en el patio para conocer el veredicto contra Jesús.

En ese momento empezó a correr un rumor: iban a llevar a Jesús ante el gobernador romano. Al rato las puertas de la casa del sumo sacerdote se abrieron de par en par y un pelotón de la guardia del templo salió flanqueando a Jesús, que caminaba con las manos atadas a la espalda. Los guardias tuvieron que protegerlo. La misma gente que unos días antes lo había recibido con ovaciones y gritos de alegría ahora lo insultaba y escupía, agitando los puños.

Cristo los siguió hasta el palacio del gobernador. En

aquel tiempo el gobernador era Poncio Pilato, un hombre despiadado, muy dado a imponer castigos crueles. Había otro preso esperando sentencia, un asesino y terrorista político llamado Barrabás, a quien casi seguro iban a crucificar.

Cristo se acordó del carnero atrapado en el matorral.

Cuando los guardias entraron en el palacio del gobernador, arrojaron a Jesús a los pies de Pilato. Caifás los había acompañado para presentar los cargos contra él, y Pilato le escuchó atentamente.

—Imagino, señor, que habrás visto las pintadas de «Jesús Rey» en las paredes. Este hombre es el responsable. Ha provocado el caos en el templo, ha alborotado a la multitud, y tememos que se produzcan disturbios civiles, por lo que...

—¿Has oído eso, Jesús? —dijo Pilato—. He visto esas repugnantes pintadas. ¿De modo que se referían a ti? Entonces, ¿afirmas ser el rey de los judíos?

—Eres tú el que lo dice —respondió Jesús.

—¿Te hablaba a ti con igual insolencia? —preguntó Pilato a Caifás.

—En todo momento, señor.

Pilato pidió a los guardias que incorporaran a Jesús.

—Te lo preguntaré de nuevo —dijo—, y esta vez espero un poco de educación. ¿Afirmas ser el rey de los judíos?

Jesús calló.

Pilato lo derribó y dijo:

—¿Has oído los cargos que se te imputan? ¿Crees que vamos a tolerar esa clase de comportamiento? ¿Crees que somos tan estúpidos como para permitir a los agitadores pasearse por la ciudad armando alboroto e instando a la gente a rebelarse o algo peor? Somos los responsables de mantener la paz en esta ciudad, por si no te has dado cuenta. Y no pienso tolerar disturbios políticos, vengan de donde vengan. Los aplastaré sin miramientos, no te quepa duda. ¿Y bien? ¿Qué tienes que decir, Jesús Rey?

Jesús tampoco respondió esta vez, por lo que Pilato ordenó a los guardias que lo apalearan. Para entonces ya se podían oír los gritos de la multitud congregada en el patio, y tanto los sacerdotes como los romanos temían que estallara un tumulto.

—¿Qué gritan? —preguntó Pilato—. ¿Quieren que deje libre a este hombre?

Era costumbre que en la Pascua le fuera concedida la libertad a un preso elegido por el pueblo, y algunos sacerdotes, a fin de enardecer a la multitud para asegurar que Jesús no escapara con vida, se habían paseado entre la gente, instándola a suplicar por la vida de Barrabás.

Un oficial de Pilato dijo:

—A este hombre no, señor. Quieren que dejes libre a Barrabás.

—¿A ese asesino? ¿Por qué?

—Es muy popular, señor. Les darías una gran alegría si lo soltaras.

Pilato salió al balcón y habló a la multitud.

—¿Queréis a Barrabas? —dijo.

—¡Sí! ¡A Barrabás! —gritaron todos.

—Que lo suelten entonces. Y ahora, despejad el patio y volved a vuestros asuntos.

Regresó a la habitación y dijo:

–Eso significa que sobra una cruz. ¿Lo oyes, Jesús?

–Señor –dijo Caifás–, si fuera posible considerar, por ejemplo, el exilio…

–Lleváoslo y crucificadlo –dijo Pilato–. Y poned un letrero en la cruz que diga eso que él asegura ser: el rey de los judíos. Eso os enseñará a dejaros de rebeliones y disturbios.

–Señor, le importa que el letrero diga «Él dice ser el rey de los judíos». No vaya a ser que…

–Dirá lo que he dicho que diga. No desafíes a la suerte, Caifás.

–No, señor, claro que no. Gracias, señor.

–Lleváoslo entonces. Y azotadlo antes de clavarlo en la cruz.

La crucifixión

Cristo, que estaba entre la multitud, quiso gritar: «¡No!» cuando Pilato preguntó si querían la libertad de Barrabás, pero no se atrevió; y el hecho de no haberse atrevido fue otro fuerte golpe para su corazón. No quedaba mucho tiempo. Buscó al ángel con la mirada pero no lo vio, y al final, vislumbrando alboroto frente a las puertas de la mansión del gobernador, siguió a la multitud para ver a los guardias romanos trasladar a Jesús al lugar de la ejecución.

No vio a ninguno de los discípulos entre la gente, pero sí a algunas mujeres a las que reconoció. Una de ellas era la esposa de Zebedeo, madre de Jacobo y Juan, otra la mujer de Magdala, a quien Jesús apreciaba especialmente, y la tercera, para su gran sorpresa, era su madre. Cristo reculó. Lo último que deseaba en ese momento era que su madre lo viera. Desde la distancia, las observó cruzar la ciudad con la multitud hasta un lugar llamado Gólgota, que era donde, por lo general, se crucificaba a los criminales.

Dos hombres colgaban ya de sendas cruces, condenados por robo. Los soldados romanos conocían bien su oficio, y Jesús no tardó en quedar colgado junto a ellos. Cristo permaneció con la multitud hasta que esta empezó a mermar, algo que sucedió muy pronto: una vez que la víctima era clavada a la cruz, no había mucho que ver hasta que los soldados le partían las piernas para acelerarle la muerte, y eso podría tardar muchas horas en ocurrir.

No había ni rastro de los discípulos. Cristo fue a buscar a su informante para averiguar qué pensaban hacer, pero el hombre había dejado la casa donde se alojaba y el anfitrión no tenía ni idea de adónde había ido. Al ángel, el extraño, no se le veía por ningún lado, naturalmente, y Cristo no podía preguntar por él porque seguía sin conocer su nombre.

De vez en cuando, y siempre de mala gana, regresaba al lugar de la ejecución, pero encontraba que allí todo seguía igual. Las tres mujeres estaban sentadas cerca de las cruces. Cristo se aseguraba de que no lo vieran.

Entrada la tarde, corrió la voz de que los soldados romanos habían decidido acelerar la muerte de los tres hombres. Con náuseas y asustado, Cristo corrió al lugar de la ejecución. Había tanta gente que no podía ver lo que estaba pasando, pero oyó los golpes cuando partieron las piernas al último hombre, el suspiro satisfecho de la multitud y el aullido de la víctima. Algunas mujeres rompieron a llorar. Cristo se alejó con la máxima discreción, tratando de no dejar su huella en la tierra.

El entierro

Uno de los miembros del Sanedrín era un hombre de la ciudad de Arimatea llamado José. Aunque formaba parte del Consejo, no se hallaba entre los que habían condenado a Jesús; al contrario, le admiraba y le interesaba mucho lo que tenía que decir sobre la llegada del Reino. Sabiendo que la Pascua estaba cerca, fue a ver a Pilato y le pidió el cuerpo de Jesús.

—¿Por qué? ¿Qué prisa tienes?

—Nos gustaría darle sepultura como es debido antes del sábado, señor. Es nuestra costumbre.

—Me sorprende que te molestes. Ese hombre no era más que un agitador. Espero que todos hayáis aprendido la lección. Si lo quieres, llévatelo.

José y un colega del Sanedrín llamado Nicodemo, otro simpatizante, bajaron el cuerpo de la cruz con ayuda de las abatidas mujeres. Lo trasladaron a un jardín cercano, donde José había mandado hacer un sepulcro. Tenía forma de cueva y la entrada estaba bloqueada por una piedra que rodaba sobre una guía. José y los demás envolvieron el cuerpo de Jesús en una sábana, con especias para impedir su corrupción, y cerraron el sepulcro a tiempo para el sábado.

Los discípulos seguían sin aparecer.

El extraño en el jardín

Cristo pasó el día siguiente en la habitación que había alquilado, orando, llorando y tratando de escribir lo sucedido o, por lo menos, lo que sabía. Eran muchos sus temores. No tenía ganas de comer ni beber, y no podía dormir. El dinero que le había dado Caifás lo tenía muy preocupado, y cuando creyó que iba a enloquecer de vergüenza pagó al casero lo que le debía y regaló el resto al primer mendigo que vio en la calle. Hecho esto, no se sintió mejor.

Cuando cayó la noche fue al jardín donde José había dado sepultura a Jesús y se sentó cerca del sepulcro, entre las sombras. Entonces se dio cuenta de que tenía al extraño sentado al lado.

—He estado ocupado en otro lugar –dijo.

—Sí –repuso amargamente Cristo–, paseándote y dando vueltas por la tierra.

—Sé que todo esto es duro para ti, pero no soy Satanás. Ya casi hemos cumplido la primera parte de nuestra misión.

—¿Y dónde estaba el carnero atrapado en el matorral? Me hiciste creer que ocurriría algo que evitaría lo peor, pero no fue así y lo peor sucedió.

—Fuiste tú quien se indujo a creer eso, y tu creencia permitió que la gran oblación siguiera su curso. Gracias a lo que hiciste ocurrirán muchas cosas buenas.

—Entonces, ¿resucitará de entre los muertos?

—Sin duda.

—Cuándo.

—Siempre.

Cristo meneó la cabeza, perplejo e irritado.

—¿Siempre? —dijo—. ¿Qué significa eso?

—Significa que el milagro nunca será olvidado, su valor nunca se agotará, su verdad perdurará de generación en generación.

—Otra vez la verdad. ¿Te refieres a la verdad que es distinta de la historia?

—La verdad que ilumina la historia, como tú bellamente lo expresaste. La verdad que riega la historia como un jardinero sus plantas. La verdad que proyecta luz sobre la historia como el quinqué mantiene a raya las sombras.

—No creo que Jesús hubiera reconocido esa clase de verdad.

—Precisamente por eso necesitábamos que tú la encarnaras. Tú eres la parte que le falta a Jesús. Sin ti, su muerte sería una más entre miles de ejecuciones públicas. Pero contigo se abre el camino para que la luz de la verdad penetre en la oscuridad de la historia; la lluvia bendita caerá sobre la tierra reseca. Jesús y Cristo juntos serán el milagro. ¡Cuántas cosas sagradas brotarán de esa unión!

Hablaban en voz muy baja y en el jardín reinaba el

silencio. De repente, Cristo oyó un zumbido sordo, como de piedra rodando sobre piedra.

—¿Qué está pasando? —preguntó.

—La segunda parte del milagro. Tranquilízate, Cristo, todo irá bien. Jesús deseaba alargar una situación que ningún ser humano habría podido soportar mucho más tiempo. La gente es capaz de grandes cosas, mas solo cuando vienen acompañadas de grandes circunstancias. No pueden vivir a ese nivel constantemente, y la mayoría de las circunstancias no son grandes. En la vida cotidiana las personas son tentadas por la comodidad y la tranquilidad; son algo perezosas, algo avariciosas, algo cobardes, algo lujuriosas, algo vanidosas, algo irritables, algo envidiosas. No sirven de mucho, pero debemos aceptarlas como son. Entre otras cosas, son crédulas y, por tanto, les gustan los misterios. Pero eso tú ya lo sabes, tú mismo se lo dijiste a Jesús tiempo atrás. Como de costumbre, tenías razón y, como de costumbre, él no te escuchó.

Junto al sepulcro se movían unas figuras. El cielo estaba encapotado y la luna, que justo empezaba a menguar, no se veía. Así y todo, había luz suficiente para vislumbrar tres o cuatro figuras transportando algo pesado desde la tumba.

—¿Qué hacen? —preguntó Cristo.

—La obra de Dios.

—¡Es el cuerpo de Jesús!

—Lo que hacen es necesario.

—¿Vais a simular que ha resucitado?

—Resucitará.

—¿Cómo? ¿Por medio de algún ardid? Es deleznable. ¡Ay de mí, que he picado el anzuelo! ¡Estoy condenado! ¡Mi pobre hermano! ¿Qué he hecho?

Cristo cayó al suelo y lloró. El extraño le posó las manos en la cabeza.

—Llora —dijo—, te aliviará.

Cristo no se movió de donde estaba y el extraño continuó.

—Ahora debo hablarte del Espíritu Santo. Él convencerá a los discípulos, y con el tiempo a otros fieles, de que Jesús está vivo. Jesús no podía permanecer eternamente entre los humanos, pero el Espíritu Santo sí que puede y lo hará. Jesús tenía que morir para que el Espíritu Santo pudiera descender a este mundo, y con tu ayuda descenderá. En los próximos días verás el poder transformador del Espíritu Santo. Los discípulos, esos hombres débiles y angustiados, se convertirán en leones. Lo que Jesús no pudo hacer en vida, el Jesús muerto y resucitado hará que suceda mediante el poder del Espíritu Santo, no solo con los discípulos sino con toda persona que oiga y crea.

—Entonces, ¿para qué me necesitas? Si el Espíritu es todopoderoso, ¿qué ayuda puedo aportar yo?

—El Espíritu es interno e invisible. Para creer, los hombres y las mujeres necesitan una prueba externa y visible. Últimamente, cuando te he hablado de la verdad te has mostrado desdeñoso, querido Cristo, y no deberías. Será la verdad lo que entre en sus mentes y corazones en los siglos venideros, la verdad de Dios que está fuera del tiempo. Pero dicha verdad necesita que le abran una ventana para poder brillar a través de ella en el mundo temporal, y tú eres esa ventana.

Serenándose, Cristo se levantó y dijo:

—Entiendo. Interpretaré mi papel, pero lo haré con la conciencia desazonada y el corazón afligido.

—Es lógico, pero tienes un importante papel que representar. Cuando escribas sobre los sucesos de este tiempo y la vida de Jesús, tu interpretación tendrá un inmenso valor. Podrás determinar cómo serán recordados esos hechos hasta el fin de los días. Podrás…

—Calla, calla, ya he tenido suficiente. No quiero oír nada más por el momento. Me siento tremendamente cansado y disgustado. Regresaré aquí la mañana siguiente al sábado y haré lo que deba hacer.

María Magdalena en el sepulcro

Después de la crucifixión, Pedro, Juan, Jacobo y otros discípulos se habían reunido en una casa próxima al jardín de José, donde, cual hombres despojados de sus sentidos, permanecían perplejos y callados. La ejecución de Jesús había caído sobre ellos como un rayo en medio de un cielo azul; jamás habían imaginado que algo así pudiera pasar. El impacto no era menos chocante que si los cimientos de la tierra hubieran temblado bajo sus pies.

En cuanto a las mujeres que se habían congregado al pie de la cruz y habían ayudado a José a bajar el cuerpo, habían llorado y rezado hasta agotárseles las lágrimas. María, la madre de Jesús, había acompañado a su hijo hasta el sepulcro y pronto regresaría a Nazaret. La mujer de Magdala, también llamada María, iba a quedarse un tiempo en Jerusalén.

A primera hora de la mañana siguiente al sábado, María Magdalena fue hasta el sepulcro cargada con más especias por si se precisaban para conservar el cuerpo. El día no había clareado aún. Después del entierro, había visto a José y Nicodemo cubrir la entrada del sepulcro con la piedra, por lo que le sorprendió ver, en la penumbra, la piedra descorrida y la tumba abierta. Temiendo haberse equivocado de sepulcro, miró dentro con aprensión.

Y encontró la sábana vacía, sin cuerpo.

Corrió hasta la casa donde se alojaban los discípulos, y dijo a Pedro y Juan:

—¡El sepulcro del maestro está vacío! ¡Vengo de allí! ¡La piedra ha sido retirada y el cuerpo ha desaparecido!

Les contó lo que había visto. Dado que el testimonio de una mujer tenía poco valor, Pedro y Juan fueron hasta el jardín para verlo con sus propios ojos. Juan corrió más deprisa y llegó primero, y cuando miró dentro del sepulcro vio la sábana vacía. Luego Pedro se abrió paso y encontró la sábana dispuesta de la forma que María había descrito, con la tela que envolvía la cabeza de Jesús separada del resto.

—¿Crees que se lo han llevado los romanos? —preguntó Juan.

—¿Por qué iban a hacer eso? —repuso Pedro—. Pilato cedió el cuerpo. No tendría sentido.

—¿Qué ha podido ocurrir, entonces?

—A lo mejor no estaba muerto cuando lo bajaron, solo inconsciente, y de pronto despertó…

—¿Y cómo descorrió la piedra desde dentro? Tenía las piernas rotas. No podía moverse.

Incapaces de encontrar una explicación, regresaron a la casa para contárselo a los demás discípulos.

María Magdalena se había quedado junto al sepulcro, llorando. A través de las lágrimas vio que se acercaba un hombre y lo tomó por el jardinero.

—¿Por qué lloras? —le preguntó el hombre.

—Se han llevado el cuerpo de mi maestro. Señor, si sabes adónde se lo han llevado, te suplico que me lo digas para que pueda traerlo de vuelta y atenderlo como es debido.

Entonces el hombre dijo:

—María.

María se sobresaltó y le miró con detenimiento. Aún había poca luz y tenía los ojos irritados, pero no había duda de que era Jesús, vivo.

—¡Maestro! —gritó, e hizo ademán de abrazarle.

Cristo dio un paso atrás y le dijo:

—No, no me toques. No me quedaré mucho tiempo. Ve junto a los discípulos y cuéntales lo que has visto. Diles que pronto ascenderé para estar junto a mi padre, junto a Dios. Junto a mi Dios y vuestro Dios.

María corrió a contar a los discípulos lo que había visto y lo que Cristo le había dicho.

—¡Era él! —les dijo—. ¡Os lo aseguro! ¡Jesús estaba vivo y me habló!

Los discípulos la escuchaban con cierto escepticismo, pero Pedro y Juan se mostraron más dispuestos a creerla.

—Ella nos contó cómo estaba dispuesta la sábana en el suelo, y fuimos y lo vimos. Si dice que Jesús está vivo, ¡eso lo explicaría todo!

Pasaron el día en un estado de esperanzada incredulidad. Se acercaron varias veces al sepulcro, pero no vieron nada más.

En el camino a Emaús

Más tarde ese mismo día, algunos discípulos se dirigieron a Emaús, un pueblo situado a dos horas a pie de Jerusalén, para comunicar la noticia a unos amigos que vivían allí. El informante de Cristo había regresado a Galilea y no estaba entre ellos. Por el camino entablaron conversación con un hombre que iba en la misma dirección. Cristo.

—Parecéis nerviosos —dijo el viajero—. ¿De qué hablabais con tanta pasión?

—¿No has oído lo que sucedió en Jerusalén? —dijo un discípulo llamado Cleofás.

—No. Cuéntamelo.

—Debes de ser el único hombre en Judea que no se ha enterado. Somos amigos de Jesús de Nazaret, el gran profeta, el gran maestro. Enojó a los sacerdotes del templo, los sacerdotes lo entregaron a los romanos, y los romanos lo crucificaron. Lo enterraron hace tres días, ¡y esta mañana hemos oído que lo han visto vivo!

No hablaban de otra cosa. No miraron detenidamente a Cristo, pues estaban aún demasiado alterados y perplejos. Cuando arribaron al pueblo ya había anochecido y le invitaron a cenar con ellos.

Cristo aceptó y entró en la casa del amigo de los

discípulos, donde fue bien recibido. Cuando se sentaron a cenar, el discípulo Cleofás, que estaba sentado delante de Cristo, levantó el quinqué y lo acercó a su rostro.

—¿Maestro? —dijo.

Estupefactos, los demás miraron a Cristo bajo la llama parpadeante. No había duda de que ese hombre se parecía mucho a Jesús, y sin embargo no era igual; pero seguro que la muerte producía cambios, de modo que por fuerza tenía que estar un poco diferente; y sin embargo el parecido era increíble. Se habían quedado mudos.

Un hombre llamado Tomás dijo al fin:

—Si de verdad eres Jesús, enséñanos las marcas de las manos y los pies.

Las manos de Cristo, naturalmente, no tenían ninguna marca. Todos podían verlas mientras sostenía el pan. Pero antes de que pudiera hablar, otro hombre dijo:

—Si el maestro ha resucitado de entre los muertos, es lógico que todas sus heridas se hayan curado. Le hemos visto caminar, por lo que sabemos que sus piernas han sanado. Ha sido creado nuevamente perfecto, de ahí que todas sus cicatrices hayan desaparecido. ¿Quién puede dudar de eso?

—¡Jesús no tenía las piernas rotas! —dijo otro—. ¡Se lo oí decir a una de las mujeres! ¡Murió cuando un soldado le clavó una lanza en el costado!

—No fue eso lo que a mí me contaron —intervino otro—. Yo oí que primero le partieron las piernas a él y luego a los otros dos. Siempre les parten las piernas…

Y se volvieron hacia Cristo, llenos de duda y confusión.

Cristo dijo entonces:

—Bienaventurados quienes, sin ver pruebas, siguen creyendo. Yo soy la palabra de Dios. Existo desde antes que el tiempo. Estuve con Dios en los principios y pronto regresaré junto a él, pero descendí al tiempo y a la vida para mostraros la luz y la verdad y para que fuerais testimonio de ella. Voy a dejaros una señal, y es esta: del mismo modo que el pan ha de partirse antes de poder comerlo y el vino ha de servirse antes de poder beberlo, yo tuve que morir para poder resucitar. Acordaos de mí siempre que comáis y bebáis. Ahora debo regresar junto a mi padre, que está en los cielos.

Los discípulos querían tocarle, pero Cristo se levantó, los bendijo a todos y se marchó.

A partir de ese momento hizo lo posible por pasar desapercibido. Desde la distancia observaba cómo, estimulados por su esperanza y entusiasmo, los discípulos se iban transformando tal como el extraño había augurado: como si un espíritu santo hubiera penetrado en ellos. Viajaban y predicaban, ganaban conversos para su nueva fe en el Jesús resucitado e incluso conseguían hacer curaciones milagrosas, o por lo menos sucedían cosas que podían calificarse de milagrosas. Estaban llenos de pasión y fervor.

Con el tiempo, Cristo advirtió que el relato cambiaba. Empezó con el nombre de Jesús. Al principio era solo Jesús, pero de ahí empezaron a llamarle Jesús el Mesías, o Jesús el Cristo, y al final simplemente Cristo.

Cristo era la palabra de Dios, la luz del mundo. Cristo había sido crucificado. Cristo había resucitado de entre los muertos. En cierto modo, su muerte sería una gran redención, o una gran expiación. La gente estaba dispuesta a creerlo, aunque le costara explicárselo.

El relato también evolucionó en otros aspectos. La versión de la resurrección se mejoró sobremanera cuando empezó a contarse que después de que Tomás pidiera ver las heridas, Jesús (o Cristo) se las mostró y le permitió tocarlas para disipar sus dudas. Fue una experiencia inolvidable; no obstante, si el relato decía eso no podía decir también que los romanos le habían partido las piernas, como solían hacer con los crucificados, pues si un tipo de herida permanecía en su carne también debían hacerlo las demás, y un hombre con las piernas rotas no habría podido incorporarse en el jardín ni caminar hasta Emaús. Así pues, independientemente de lo que hubiera sucedido en realidad, la historia acabó contando que murió por la punzada de una lanza romana, y que conservó los huesos intactos. Y así fue como las historias empezaron a entrelazarse.

Cristo, lógicamente, había dejado tan poca huella en el mundo que nadie lo confundía con Jesús, pues era muy fácil olvidar que habían sido dos. Cristo sentía que su propio ser iba menguando a medida que el Cristo fruto de la especulación crecía en importancia y esplendor. Muy pronto el relato de Cristo comenzó a extenderse en el tiempo, hacia delante y hacia atrás. Hacia delante hasta el fin del mundo, hacia atrás antes de su nacimiento en un establo: Cristo era hijo de María, de eso no había duda, pero también era el hijo de Dios, un ser eterno y todopoderoso, un Dios perfecto y un hombre perfecto, engendrado antes que todos los mundos, que reinaba en los cielos a la derecha de su Padre.

El tejedor de redes

El extraño le hizo entonces una última visita. Cristo vivía con nombre falso en una ciudad de la costa, un lugar donde Jesús nunca había estado. Se había casado y se ganaba la vida haciendo redes.

Como de costumbre, llegó de noche. Llamó a la puerta justo cuando Cristo y su mujer se sentaban a cenar.

—Marta, ¿quién puede ser? —dijo Cristo—. Ve a ver.

Marta abrió la puerta y el extraño entró cargado con un pesado saco.

—Vaya —dijo Cristo—. ¿Qué problemas me traes esta vez?

—¡Menudo recibimiento! Te traigo tu obra, todos los pergaminos que me diste. Los he mandado copiar diligentemente, y ya es hora de que los tengas tú y empieces a ordenar el relato. ¿Es tu esposa?

—Marta —dijo Cristo—, este es el hombre del que te hablé. Pero ignoro cómo se llama.

—Por favor, siéntate y come con nosotros —dijo Marta.

—Será un placer. Este pequeño ritual que inventaste —dijo el extraño cuando Cristo partió el pan— ha sido un verdadero éxito. ¿Quién iba a pensar que invitar a los judíos a comer carne y beber sangre sería tan popular?

Cristo apartó el pan.

—No fue eso lo que les dije que hicieran —replicó.

—Pues es lo que los seguidores de Jesús están haciendo, tanto judíos como gentiles. Fuiste excesivamente vago en tus instrucciones, amigo mío. La gente se agarra a cualquier significado que pueda encontrar, por nimio que sea, aunque no fuera esa la intención del autor.

—Como dejaste claro en otra ocasión, no tienes una opinión muy elevada de la gente.

—Veo a las personas tal como son. También tú tuviste en otros tiempos una idea realista de sus capacidades y limitaciones. ¿Te estás pareciendo más a tu hermano con el paso del tiempo?

—Él conocía bien a la gente. No se dejaba engañar por ella, pero la amaba.

—Cierto —dijo el extraño, sirviéndose pan—, y su amor es lo más valioso de todo. Por eso debemos protegerlo cuidadosamente. La nave que trasladará el amor y las enseñanzas de Jesucristo a tiempos futuros será la iglesia, y la iglesia debe proteger ese amor y esas enseñanzas día y noche para conservar su pureza e impedir que la corrompan malentendidos. Sería una desgracia, por ejemplo, que la gente acabara interpretando algunas de sus enseñanzas como un llamamiento a la acción política; tú y yo sabemos que nada tienen que ver con eso. Por tanto, debemos hacer hincapié en la naturaleza espiritual de su mensaje. Tenemos que conseguir que nuestra postura sea difícil de rebatir, mi querido Cristo, y al hablar del espíritu hacemos justamente eso. Estamos sumamente preparados para hablar de espiritualidad.

—Ya no me atrae ese tipo de charla —dijo Cristo—. Será mejor que te lleves los pergaminos y pidas a otro que narre el relato.

—El relato será narrado muchas veces. Nosotros nos encargaremos de que así sea. En los años venideros, separaremos las versiones útiles de las inútiles. Pero ya hemos hablado antes de eso.

—Sí, y estoy harto. Tus palabras son finas pero tu pensamiento es burdo. Y el éxito te ha vuelto más burdo todavía. Las primeras veces que hablamos eras más sutil. Ahora empiezo a ver cómo es ese relato que tú, mi hermano y yo hemos estado interpretando. Será una tragedia, tenga el final que tenga. La visión de mi hermano nunca podrá hacerse realidad; la visión que se haga realidad no será la suya.

—Hablas de mi visión y su visión, pero si fuera *tu* visión poseería el mérito de la verdad además de…

—Sé bien cuál es tu verdad —repuso Cristo.

—Naturalmente. Sin embargo —dijo el extraño, partiendo otro trozo de pan—, ¿qué es preferible: aspirar a la pureza absoluta y fracasar en el intento, o transigir y tener algo de éxito?

Cristo sintió unas náuseas repentinas, pero no podía recordar por qué. Marta deslizó una mano en la de su marido para tranquilizarle.

Pero mientras Cristo veía al extraño comerse su pan y servirse más vino, no pudo evitar pensar en el relato de Jesús y en cómo podría mejorarlo. Por ejemplo, podría introducir una señal milagrosa para celebrar el nacimiento: una estrella o un ángel. Y la infancia de Jesús podría contener encantadoras anécdotas sobre sus travesuras infantiles, salpicadas de magia, que podrían interpretarse como el anuncio de milagros mayores. Y había cuestiones con una trascendencia narrativa más profunda. Si Jesús hubiera sabido lo de su ejecución, si hubiera contado a sus discípulos lo que le esperaba y hubiera ido a su encuentro de buen grado, la crucifixión adquiriría un sentido más profundo aún, un sentido que abriría nuevos misterios que los eruditos podrían explorar, estudiar y explicar en el futuro. Y volviendo al nacimiento, si el niño nacido en el establo no fuera humano sino la encarnación de Dios, cuánto más memorable y emotivo resultaría el relato.

Había cientos de detalles que podrían aportar verosimilitud. Sabía, con una punzada de culpa mezclada con deleite, que él ya había inventado algunos.

—Lo dejo en tus manos —dijo el extraño, levantándose y sacudiéndose las migas—. Esta ha sido mi última visita.

Y sin decir más, se dio la vuelta y se fue.

Cuando se hubo marchado, Marta dijo:

—No le has preguntado su nombre.

—No quiero saberlo. ¡Menudo iluso he sido! ¿Cómo pude llegar a creer que era un ángel? Parece un próspero mercader de frutos secos o alfombras. Marta, estoy atormentado. Cuanto él ha dicho es cierto, pero me pongo enfermo cuando pienso en ello. El cuerpo de fieles, la iglesia como él lo llama, hará muchas cosas buenas, espero, creo, debo creerlo, pero temo que, llevado por su fervor y sentido de superioridad moral, también haga cosas horribles… Bajo la autoridad de esa iglesia las palabras de Jesús serán tergiversadas, se dirán mentiras sobre él, será traicionado una y otra vez. ¿Un cuerpo de fieles? Fue un cuerpo de fieles el que decidió por una docena de buenas razones entregarlo a los romanos. Y aquí estoy yo, con las manos cubiertas de sangre, vergüenza y lágrimas, impaciente por empezar a contar el relato de Jesús, y no solo para dejar constancia de lo que sucedió, sino porque quiero jugar con ello. Quiero darle mejor forma; quiero unir cuidadosamente los detalles para crear patrones y correspondencias, y si dichos detalles no ocurrieron realmente quiero incluirlos en el relato simplemente para elaborar un relato mejor. El extraño lo llamaría dejar que la verdad penetre en la historia. Jesús lo habría llamado mentir. Él quería la perfección; exigía demasiado a la gente… Pero esta es la tragedia: que sin relato no habrá iglesia, y sin iglesia Jesús caerá en el olvido… Oh, Marta, no sé qué debo hacer.

—Debes comer —dijo Marta.

Pero cuando regresaron a la mesa, no quedaba pan y la jarra de vino estaba vacía.